中国式股东

Chinese Shareholders

丁力 著

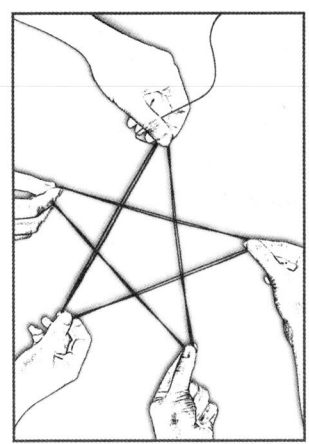

北京燕山出版社
BEIJING YANSHAN PRESS

图书在版编目（CIP）数据

中国式股东 / 丁力著 . —北京：北京燕山出版社，2017.9
ISBN 978-7-5402-4668-6

Ⅰ．①中… Ⅱ．①丁… Ⅲ．①长篇小说—中国—当代 Ⅳ．① I247.52

中国版本图书馆 CIP 数据核字 (2017) 第 231622 号

本书为北京市优秀长篇小说创作出版扶持项目

中国式股东
ZHONGGUOSHI GUDONG

作　者	丁　力
项目策划	李满意
项目负责	
责任编辑	陈　雪　王梦楠
营销编辑	涂苏婷
责任校对	甄　飞　石　英
社　址	北京市西城区陶然亭路 53 号（100054）
网　址	http://www.bjyspress.com/
微　博	http://weibo.com/u/2526206071
微　信	yanshanreading
电　话	01065240430；01063581036
印　刷	北京世纪恒宇印刷有限公司
开　本	710mm×1000mm 1/16
字　数	210 千字
印　张	15
版　次	2017 年 11 月第 1 版
印　次	2017 年 11 月第 1 次印刷
定　价	38.00 元
出版发行	北京燕山出版社

版权所有　盗版必究

目录

CONTENTS

001　**第 1 章**
　　　大哥与小弟

038　**第 2 章**
　　　己所不欲，巧施于人

077　**第 3 章**
　　　"有钱人"的得失

第 4 章
"中年后"的爱情　　110

第 5 章
"羊毛出在狗身上"　　129

第 6 章
"为你好"　　159

第 7 章　　194
送股、换股起风波

第 1 章　　　Chapter　1

大哥与小弟

1.1

"大哥你好!向您汇报工作!"

电话里传来压抑不住的兴奋的叫声。这是吴冶平非常熟悉的声音,也是曾经让他一听就兴奋的声音,可如今,他却兴奋不起来了,因为他知道,这只是开场白,紧接着,就是更大的"报喜",再往后,才能说到正题——借钱。借钱的理由很正当,也很充分,令他不能怀疑,无法拒绝,不忍拒绝,甚至不敢拒绝。一环套一环,环环结实,每环不落空。吴冶平有一种被一环环套住的感觉,想挣脱,却没那么容易,甚至越拉越紧。怨谁呢?说到底,这"环"是吴冶平自己打造的,是他自己为自己套上的。

打电话的人叫林中，一个名字有点像梁山好汉"林冲"的山东小伙子。吴冶平和林中之前是客户关系，现在是合伙人，而这种身份的转变，始作俑者正是吴冶平自己。

林中之前是一家台资企业的业务代表，从业务员做到业务经理，又从业务经理做到分管业务的副总，最终掌握了订单，注册了自己的公司，继续给吴冶平任职的深皇集团供货。因为这层关系，林中对吴冶平十分尊重，开口必称"大哥"，还特聘吴冶平为其公司的"顾问"。

这一天是当月的8号，林中和往常一样，给吴冶平打电话，约大哥出来坐坐。吴冶平当然知道"坐坐"的含义，略微迟疑了一下，说："我已经离职了。"

"知道，"林中说，"我也不给深皇供货了。"

既如此，你还约我"坐坐"干什么？难道是打算把之前的顾问费要回去吗？

这也是可能的。现在的人现实得很。离职才一个月，吴冶平已经深切体会到人走茶凉的滋味了。

人走确实应该茶凉，要不然继任者在哪里喝茶？这个道理吴冶平能想得通，问题是不要凉得太快，否则就有点伤人。

虽如此，吴冶平还是决定去。不去，不等于是耍赖吗？吴冶平可不是那种喜欢耍赖的人。再说，多大的事啊，犯得着耍赖吗？

"坐坐"的地点是吴冶平家附近的一间香港人开的茶餐厅。茶餐厅最大的好处是既能喝茶，也能吃饭，还可以要一个包间打打麻将。吴冶平选择这里的主要理由是离家近，且不张扬，最适合应对"坐坐"这类事。

两人见面，小伙子脸上依然洋溢着热情，丝毫没有"凉"的意思。

吴冶平不动声色，想着不管你是真热情还是假热情，"坐"到最后，总是要露出真容的。之前每次出来"坐坐"，二人都先扯一些闲话，吃点什么，再喝点什么，等到临走的时候，林中把一个信封交给吴冶平。今天的程序估计也差不多，只不过最后的动作相反，不是林中给吴冶平信封，而是林中向吴冶平要回之前的信封。当然，也可能不要回，只是把话讲清楚，到此为止，各不相欠，好说好散。所以，今天"坐"到最后，当林中再次把一个信封像往常一样恭恭敬敬递给吴冶平的时候，吴冶平相当诧异。

吴冶平没接信封，当然也就没有像以前那样说"谢谢"，甚至都没有笑。他看看信封，再看看林中，问："你怎么还给我这个？"

"顾问费啊。"林中说。

"我知道顾问费，"吴冶平说，"可我已经离职了呀，今后也关照不了你了。再说，你也不向深皇供货了，我怎么还能收这个？"

"可我们当初说好是三年的呀。大哥您忘了？"林中说。

是，当初是说的三年。当初林中把聘书正儿八经地交到吴冶平手上的时候，吴冶平还觉得有些好笑，但为了体现对林中新注册的小公司的尊重，吴冶平还是接了过去，并当着林中的面展开看了，上面写着聘期三年，吴冶平当时开玩笑地说，没准我干不到三年就离职了呢。没想到一语成谶，如今自己真的提前离职了。既然离职了，就顾不上也问不着了，怎么还好意思拿人家的顾问费呢？

"大哥离职不假，我也确实不向深皇供货了，但三年期限未到啊，大哥仍然是我公司的顾问，我当然要付顾问费。"林中坚持说。

吴冶平有些疑惑，仍然未接。

"大哥是我的精神支柱，"林中说，"大哥您忘了，当初是您鼓励我成立公司的。"

没错，当初确实是吴冶平鼓励林中成立公司的。彼时林中在台资企业当销售经理，深皇集团是台资企业的客户单位，林中经常请吴冶平吃饭，一次喝得高兴了，吴冶平对林中说，在市场经济背景下，什么最重要？客户最重要！只要有了客户资源，任何人都能当老板。吴冶平还具体举例说，不要说技术含量很高的科技产品，就是擦屁股的卫生纸，只要你有足够的客户资源，比如整个深圳市的政府机关和事业单位都采购你的卫生纸，那么，你就能当老板了，当大老板！说者无心，听者有意，林中听了吴冶平的"高论"之后，不久就注册了自己的公司，继续给深皇供货，并请吴冶平当顾问。吴冶平当初接受"聘书"的时候，以为是林中套住他的手段，没想到林中是认真的。

"当然是认真的，"林中说，"如果当初不是大哥的一番开导，我哪里想起来自己成立公司？哪里能自己当老板？所以，不管您离职不离职，不管我是不是再给深皇供货，大哥都是我们公司的顾问。三年期满，我还希望大哥继续给我们当顾问。只要大哥愿意，一辈子当我公司的顾问都可以。"

能有这样的好事？莫不是诳我吧？

如今假话听多了，偶然听一次真话，反倒不适应。

可是，他能诳我什么呢？我一不是年轻美女，二无职无权，只要信封里的钱是真的，就诳不了我。

这么想着，吴冶平就接过信封，想着等回去之后打开看看里面的钱是真是假再说。

钱当然是真的。

这反倒让吴冶平微微不安起来。他们这一代人，还有自己信守的做人原则，其中一条就是无功不受禄。之前吴冶平在深皇集团担任高管，对下属工厂采购哪家公司的元件有发言权,接受供货企业的顾问费问心无愧,如今离职了,说话不好使了,且林中也已经不向深皇集团供货了,自己再拿人家的顾问费,就显得不知趣了。

吴冶平不是那种不知趣的人,但他也没有反应过度。生活的经验告诉他,很多事情,特别是一些无伤大雅的事情,着急处理不一定是最好的方式,等等再说,说不定等着等着,事情就自然解决,不需要处理了。比如林中给他顾问费这件事情,吴冶平就打算等一个月,等到下个月8号,林中不打电话约他出去"坐坐",这件事情就算过去了,就不需要为此不安了。如果那样,那么今天这个信封,就当是"最后的午餐"好了。万一下个月8号林中再打电话约他出去,再说。吴冶平感觉自己老了,很多事情不想较真儿了。好事情不能提前祝贺,坏事情不必提前烦恼,车到山前必有路,船到桥头自然直,处理事情慢半拍,可以减少许多烦恼。

吴冶平甚至认为,或许等不到一个月,林中就会找他。

吴冶平不相信林中坚持继续给他顾问费完全没有所图,他相信重情之下必有所求。他能求我什么呢?

不管他了,以不变应万变,这个月该怎么过就怎么过,是福不是祸,是祸躲不过,再说,自己来深圳二十多年了,能让林中这毛头小伙子"祸"到哪里?

吴冶平相信,一切"祸"都是自己惹的,自己只要不贪不义之财,不恋非分之色,不受无功之禄,凭他的人生历练,一般的人是"祸"不了他的。

半个月很快过去了,林中并没有来找吴冶平,这反倒让吴冶平越发不安起来。他想到了放长线钓大鱼,但更懂得线也不能太长,太长了,即使钓到大鱼,估计也收不回来。林中好歹也是一个企业老板,即便是个小企业的小老板，起码也懂得这个道理，不可能为了他这个已经离职的"老鱼"，放这么长的线，打那么大的提前量。

在后半月的时间里，吴冶平几乎天天盼望林中找他，但林中一直没有找他，吴冶平当然也能沉住气，并没主动联系林中。

终于等到8号，吴冶平从一大早就等候着，一直等到下午，才接到林中的电话，当即有另一只靴子落了地的感觉。

照例还是约他出去"坐坐"，地点还是在吴冶平家附近的那间香港人开的茶餐厅。

两人见面，先扯一些闲话。吴冶平主动问林中："你怎么不给深皇供货了呢？与我离职有直接关系吗？是谁为难你了吗？"

"当然有一定关系，"林中说，"但也不全是。"

"哦？"吴冶平想知道细节。

林中说："我供货不是很准时，之前大哥在的时候，还能通融，现在大哥离职了，下面就较真儿了，我达不到人家的要求，只好退出。"

是。吴冶平想起来了，就在前几个月，林中未能按合同期限为深皇集团下属的一家工厂供货，工厂按照规定要取消林中的供货资格，还要罚款，林中找到吴冶平，吴冶平帮他做了协调，先按合同规定期限立刻提供一半的货，剩下的一半延期几天送到。吴冶平这么做确实是袒护林中，但对深皇集团也没有造成任何损害，毕竟，同一批货并不是同一天使用，先交付一半，过几天再交付剩余的一半，虽然不符合合同约定，却也不耽误生产，最多就是给收货验货的人添一些额外的小麻烦而已。可如果没有吴冶平出面协调，工厂方面严格按合同条款办，对林中罚款甚至取消供货资格，也是有理有据、无话可说的。这，大概就是林中每月爽快付给吴冶平顾问费的根本原因吧。

可我现在已经离职了呀，吴冶平想。

"你为什么不能准时供货呢？这种情况经常发生吗？"吴冶平问。

林中苦笑地点点头，说是。

"为什么呢？"吴冶平问。

"因为我自己没有工厂。"林中说，"我提供给客户的元件也是从别人那里买来的，或者说是委托加工的，有时候货凑不齐，就耽误供货期了。"

吴冶平若有所思，反思自己当初海侃的"只要有订单就能当老板"，现在看来未必全面，比如林中现在手上就确实有订单，可没有工厂，不能保证按时交货，总是这样，也不行。

"长此以往不是办法啊。"吴冶平说。

林中说："是。"

"主要是做不大。"吴冶平补充说。

"对。"林中说。

"那么，你有没有想过自己开工厂呢？"

"当然想过。打算明年下半年开。"

"为什么要等一年呢？"吴冶平问。

"目前条件不成熟。"林中说。

"什么条件？"吴冶平问。

"主要是资金。"林中说。

"多少资金？"吴冶平进一步问。问话的口气，仿佛他能帮林中解决资金问题。

"节省一点，两百万就够。"林中说。

"怎么节省？"吴冶平问。

"工厂不能建在深圳，找惠州或东莞那边偏僻的地方，厂房和人工都便宜一些。还有就是只上一条生产线，等资金充裕了，再逐步扩充。"

吴冶平把林中的话在脑袋里迅速过了一遍，然后问："你自己有多少钱？"

林中不好意思地笑笑，说："我的钱主要用在业务上，有多少钱，做多大生意，假如要自己开工厂，勉强能凑一百万吧。"

吴冶平又想了想，说："假如我给你一百万，加上你自己的一百万，是不是就能把工厂开起来？"

"当然可以。"林中说。

接着，吴冶平又详细问了关于自己开厂的一系列的事情。吴冶平虽然自己没有开过工厂，但没吃过猪肉，却多次见过猪在地上跑，林中的回答是不是胡扯，吴冶平还是能听出来的。从林中的回答来看，他确实早有此打算，居然对方方面面的情况都很了解，考虑得比较全面，吴冶平甚至从林中的回答中学到一些东西。他感觉这事靠谱，竟然有点动心了。林中自己却主动对吴冶平说，投资办厂是大事情，大哥可以通过其他朋友多了解了解这个行业的情况，然后再做决定。

"行，那我回去再了解了解，考虑考虑。"说着，吴冶平就站起来。

林中没忘记掏出信封，恭敬地递给吴冶平。

"这就不必了吧，"吴冶平半开玩笑半认真地说，"如果我决定投资，就不是你的顾问了，而是你的股东了，我要收的，就不是顾问费，而是分红了。"

"那好，"林中说，"一言为定，等大哥决定投资了，我就不给顾问费了。但今天不是还没决定嘛，所以顾问费还是要给，大哥你也必须收下。"

1.2

在此后的一段时间里,吴冶平和林中的联系多了起来,一反之前林中找吴冶平的次数多,这次主要是吴冶平主动找林中。大多数是电话联系,偶尔也见面,地点仍然是吴冶平家附近的茶餐厅,讨论的内容当然是办工厂的事情。

林中说:"办工厂对我非常重要,即使不赚钱,我也要办。"

"哦,为什么?"吴冶平问。

"起码能增强我在客户心中的可信度,不会把我看成皮包公司。这样我的订单量就会大幅度增加。大哥您知道,只要有订单,肯定就有钱赚,无非是赚多赚少的问题。"

"是。我知道。订单就是'客户'嘛。"吴冶平说。

"所以,"林中说,"我必须自己开厂。"

吴冶平点点头,问:"那你现在怎么处理的?我听说下面的人还到你工厂看过。"

林中先不好意思地笑笑,然后说:"弄虚作假呗。我事先打好招呼,然后把客户带到为我提供货源的工厂参观。"

"客户看不出来?"吴冶平问。

"当然能看出来,"林中说,"但我会圆,不说这家工厂完全是我自己的,而是说我在其中有股份,我是工厂的股东。再说,这些人私下我都打点好了,参观工厂是走过场,不会真较真儿。"

"哈哈哈哈……"吴冶平和林中一起开心大笑。

笑过之后,林中说:"但这样的结果是增加了成本。打点客户需要直接成本,请求供货方配合'参观'需要间接成本。所以,大哥说得对,长此以往不是办法,我早晚要办工厂,砸锅卖铁也要办。"

林中几乎说服了吴冶平。不是林中把前景描绘得多么绚烂,而是林中诚恳的态度,特别是林中所表述的许多观点都是吴冶平自己当初灌输给林中的。因此,投资办厂,与其说是帮林中,不如说是吴冶平自己成全自己。

尽管如此,吴冶平还是不敢贸然投资,类似的失误,他看得太多也经历得太多了。虽然之前的失误损失的不是他自己的钱,但教训却可以为自己所用。

吴冶平决定试探。

这天,吴冶平主动约林中出来"坐坐",地点仍然是老地方。

吴冶平问林中:"你上次说有多少钱就做多大生意,是吗?"

林中回答:"是。我签订单的时候,必须考虑自己的资金实力,实力不够,宁可不签。"

"那当然,"吴冶平说,"有多大的头戴多大的帽子。单子大了,自己没有足够的资金进货,不能按时出货,等于违约了。违约是要付违约金的。"

"是。"林中说。

"可不可以打时间差?"吴冶平问,"比如你只付一半的定金,从上家把货拿来,卖给下家之后,再付上家的钱。"

林中笑了,说:"当然可以,但必须有大哥您这样的靠山罩着,不然,下家也会如法炮制,只付我一半的资金,等到第二批货到的时候再付完上批货的资金。"

吴冶平忽然明白了,"顾问费"的价值原来在这里,其实是"关照费"啊。同时,他再次感到了林中的坦诚。

"能不能这样,"吴冶平这才亮出底牌,说,"我先借给你一点资金,你把生意做大,等到有足够的订单了,我们再商量办厂的事情。"

林中想了想,说:"也好。要不然,我们工厂开了,却没有足够的订单,开工不足,更麻烦。"

"就是这个意思,"吴冶平说,"等到手上有足够的订单,再开工厂也不迟。"

接着,他们就讨论借款的具体细节。

吴冶平决定先借给林中十万,投石问路,万一出现闪失,也在可承受范围之内。

月息三个点,本金十万,每月利息三千。吴冶平心里一盘算,十万资金月息三千,如果自己借给他几十万资金,每月利息收入不是比离职之前在深皇担任高管的工资还高？

"三个点？是不是太高了？"吴冶平主动问。

"不高，"林中回答，"不瞒大哥，不到百分之十的盈利我是不会接单的，扣除给对方的回扣和其他开销，纯利大概六个点，我和大哥每人三个点。"

手续很认真。林中写了借条，签名，摁手印，盖上公司公章，还附上自己的身份证和自己公司的营业执照正本复印件，末了，林中还开出一张三个月的十万元承兑汇票给吴冶平。

"这就不必了吧。"吴冶平说。

"要。"林中说，"万一这三个月里我个人出事了呢？"

"不会的。"吴冶平说。

"我说万一。"林中说。

到了三个月，本金不但没还，吴冶平还主动追加了借款。

双方合作得很愉快。每月8号，他们照例在吴冶平家附近的茶餐厅见面。每次见面，他们先聊天，主要是吴冶平"教诲"林中。没办法，教师出身，吴冶平好为人师，林中也仿佛受益匪浅的样子，二人各得其所，都很开心、很享受的样子。当然，他们是边吃边聊，边喝边聊，最后临走的时候，林中照例取出一个信封，里面是林中每月支付给吴冶平的顾问费外加借款利息。后来，因为借的钱多了，利息数额比较大，一般的信封装不下，林中建议直接打入吴冶平的账户。

林中很守信用，细节上做得很到位。比如每月8号往吴冶平的账户上打顾问费和利息，都是上午打，准确地说是上午银行一开门的时候就打，吴冶平的银行账户与手机联网，钱一到账，手机上就有短信提示。吴冶平发现，林中支付顾问费和借款利息从来不拖到当天的下午，这就让吴冶平很放心。不是放心林中对他守信用，而是放心林中的做人方式。看来，自己苦口婆心对他的谆谆教诲，林中都听到心里去了，并不是敷衍他。

吴冶平做了多年的企业高管，虽然没直接当老板，但认识的老板不少，经历的事情更多。他相信，做老板就是做人，只要会做人，没有订单可以争取到订单，没有资金可以筹集到资金。比如像林中这样，上午银行一开门就把利息打过来，说明他做事情习惯性地考虑对方的感受，对他吴冶平如此，对他的客户也如此，生意当然越做越大，而只要林中生意顺利，有钱赚，吴冶平的借款就很安全。吴冶平相信人之初性本善，世界上没有谁天生就想当坏蛋，凡是借钱不还想赖账的人，基本上都是经济窘迫所致，如果像林中这样生意蒸蒸日上，谁愿意借债不还丧失人格？所以，吴冶平对林中的表现相当满意。他甚至沾沾自喜，得意自己看人的好眼力，更得意自己育人有方。

不用说，吴冶平借给林中的资金越来越多。表面上是吴冶平支持林中的事业，其实也是林中帮吴冶平。毕竟，月息三个点等于年息三分六，不到三年，就收回本金，做什么生意能有这么高的稳定回报？

虽如此，但凡事都得有个度，超过一定的限度，就会出问题。好比有的人，平常多吃多占搞点特殊化，在他人眼里尚可，一旦过分了，发展到贪污受贿，就早晚出事。因此，当吴冶平借给林中的钱超过五十万的时候，他有些不安起来。吴冶平有两个担心。一方面，他担心钱多了会出事，毕竟，林中的公司没有工厂做依托，万一哪一天他突然消失了，吴冶平上哪儿去找他？另一方面，吴冶平又希望这样的关系一直持续下去。不用上班，坐在家里，每月收一两万的利息，不是很好吗？双向担心交织在一起，搞得吴冶平很纠结。他强迫自己开动脑筋，充分利用这些年自己当职业经理人积累的经验，努力设计出一条左右兼顾的解决办法。

这天不是8号，吴冶平却主动打电话约林中出来坐坐，地点还是老地方。吴冶平喜欢老地方的另一个原因是香港老板待人彬彬有礼，不卑不亢，热情却从来不多事，比如不打听吴冶平的身份和他来这里的目的，这让吴冶平感到很舒服，很温馨，还很安全。吴冶平认为好环境是出好结果的必备条件，好比一男一女约会，如果环境好，五星级大酒店，没准先喝咖啡，但喝着喝着，就自动更上一层楼，但如果环境不好，是城中村里脏乱差的小酒店，没准喝着喝着就翻了脸。

二人见面，照例先喝茶聊天，今天是吴冶平主动约林中的，当然由他先进入主题。

吴冶平先是假装替林中考虑，说借款超过五十万了，每月支付的利息接近两万，问林中是不是承担有困难。

林中说没困难，并且把上次关于至少赚六个点他和大哥每人三个点的那套理论又复述了一遍，还说感谢大哥，成全了他，生意越做越大，这个月又开发了一个大客户，又接了大单，等等。

"那么，"吴冶平问，"是不是还要借资金？"

林中说是，但他不好意思再向大哥开口了。

吴冶平略微沉思片刻，说："也是，总是借款不是办法，要不然我干脆入股吧。"

吴冶平是故意"沉思"的，其实，方案及其表述方式他早就推演好了，他就是想通过债转股的方式，既要保证资金的安全，又要获得长期利益。当然，吴冶平深知得与失的关系，为达成这个两全其美的局面，他打算舍弃一些利益，具体地说，是在利息收入上主动做出一点牺牲。

林中听吴冶平这么说，愣了一下，但很快就高兴起来，说："那好啊！

如果大哥能够入股，那我就更有底气了。"

吴治平问林中公司现在的资产规模多大？

林中说他的钱全部滚在业务上，没有固定资产，只有流动资金，他欠上家的货款，下家欠他的货款，两项相减，加上必要的周转资金，净资产大概250万。

吴治平不敢确定林中说的数据是真是假，也没办法确定，他相信这里面多少有些水分，但他不必揭穿，也不想去仔细查账核对，他有另外的对策。

吴治平说："好。那我就拿五十万入股，占你公司百分之二十的股份。"

大概是太出乎林中的意料了，林中听吴治平这么说，竟然有些不敢相信自己的耳朵，来不及反应。

吴治平接着说："不过是有条件的。条件是，我不参与公司经营，因此不管公司经营好坏，我每月按时拿固定回报。"

林中似乎明白了，其实还是借款，相当于自己拿公司百分之二十的股份做担保。

"好。"林中说，"我仍然按三个点每月支付固定分红。"

"不必，"吴治平说，"两个点。"

"两点五吧。"林中说。

"就两个点，"吴治平说，"如果公司收益不错，年底可以额外有些分红。"

"行。听大哥的。我保证不让大哥吃亏。"林中说。

吴治平心里想，吃亏我也不怕。之前是三个点，现在是每月两个点外加年底分红，本身就相差不大，但如此一来，自己就成了公司的股东，不仅能保证长期获利，而且作为公司的第二大股东，还可以随时查看公司的账目，了解掌握公司的动向，比单纯的借钱更安全一些。

因为是债转股，不存在打款的问题，所以，双方签订协议之后，就去产权过户中心办理过户手续。操作是委托中介机构协助完成的，但吴治平和林中必须同时到场，当面出示身份证并在文本上签名。总共要去两个地方，每个地方都要排队，过程有些复杂，但吴治平心里很高兴。越是复杂，说明越是正规，越是安全。等一切手续办完，深圳联合产权交易所的《股权转让见证书》拿到手上，吴治平成了林中公司的第二大股东和副董事长。

不，现在应该说是林中和吴治平两个人的公司，公司叫深圳市林瑞实业有限公司。

既然成了股东，就等于一家人了，吴治平陆陆续续又借给林中一些钱，总共大约五十万，加上之前债转股的钱，吴治平在林中那里的资金差不多正好一百万。后五十万是借款，每月利息一万五；前五十万是入股，每月固定回报一万，两项加起来每月两万五的收入，超过吴治平在深皇集团担任高管期间的月薪。吴治平忽然发觉，离职之后，自己的生活并没有沉落，相反，还找到了人生新的精彩。他感悟，性格决定命运，受父亲的遗传，他算是一个敢于冒险的人。20世纪50年代，父亲为高级社送公粮进城，发觉城里的生活比乡下精彩，果断地决定留在城里，从粮库的一名扛麻袋苦力做起，一辈子虽然没有飞黄腾达，却最终将全家弄成了城镇户口，成了吃商品粮的城里人，也一度成为老家乡下吴家桥父老乡亲最受尊敬和羡慕的人。所以，吴治平认为，人的一生，该激进的时候就应该大胆前进，该退却的时候也应该果断退却。二十多年前，吴治平在家乡的小县城教育局当副股长，听说深圳这边建设特区广纳人才，吴治平勇敢地跑到深圳看看，并最终选择留在深圳。如今，虽然不能说事业辉煌、功成名就，起码成了真正的深圳人，没贪没腐，就凭两套房子，早已成了名副其实的"百万富翁"。如果留在家乡，凭家父扛麻袋出身的背景，吴治平低三下四、谨小慎微、兢兢业业一辈子，估计也只能熬上屁股大的"股长"。再说这次深皇集团大股东更替，董事局主席和总裁双双走人，吴治平作为董事局办公室主任，新班子主动约谈，希望他留下继续任职，但他没有动心。吴治平清醒地认识到，如果留任，不仅显得对旧东家不仗义，而且新主子在用过他之后肯定卸磨杀驴，由他当替罪羊承担前任董事局主席的部分责任也说不定。所以，吴治平果断地声称自己年老体弱，主动离职，不仅落个好名声，还一不小心成了林瑞公司的第二大股东兼副董事长，月收入接近三万。

吴治平从心里感谢林中。如果不是林中，他这一百万闲钱肯定放在股市上，估计经过此轮大跌，损失至少三分之一。

因为感激，吴治平就比较关心林中，重点关心林中的事业成长。毕竟，林中是个事业型的小伙子，而且，林中的事业当中有他吴治平的一份。

这一天，吴治平主动提醒林中：现在是不是可以考虑自己办工厂了？

"工厂？"林中似乎很诧异。

"是啊，"吴治平说，"半年前我们不就讨论过自己办厂的事情吗？怎么，你忘记了？"

"啊，没有，"林中说，"大哥不知道吗？"

"知道什么？"吴治平更加诧异。他是真的诧异。

"我没有对你说过吗？"林中问。

"说过什么？"吴治平反问。

"说开工厂的事情。"林中说。

"说过呀，"吴治平说，"半年前就说过啊。当时你说自己开厂对你非常重要,还说当时开厂时机不成熟,等今年再开,我还说打算投资和你一起开的。怎么,不开了?"

不开也没关系,吴冶平心里想,像这样我每月收入接近三万,没有风险,不用操心,其实比自己开工厂更实惠。社会上那么多"老板",装得很大,其实许多人并不能保证每月纯利超过两万五。不过,吴冶平是个说话算话的人,既然当初两个人说好了等时机成熟就办厂,那么如果林中现在办厂,吴冶平即使明明知道无利可图,也多少会支持一部分资金,大不了第二次债转股,把后面的五十万借款作为工厂的投资。

"你看我忙的!"林中说,"真不好意思,忘记对大哥说了,我的工厂已经开起来了呀。"

"开起来了?!"吴冶平这下真的不敢相信自己的耳朵了。他以为,凭自己与林中的关系,凭他是公司的第二大股东和副董事长,凭他是林中的"大哥"和顾问,凭他是林中的债主,像开厂这么大的事情,不要说他们之前专门讨论过,就是没聊过这个话题,林中办厂,于情于理是无论如何都要告诉他的,甚至要征得他的同意。这是常识,做人的常识,也是合伙办公司的常识。

"不好意思,"林中解释道,"真是忙晕头了。我一直以为大哥知道呢,没想到您不知道。大哥您不知道,办工厂说起来容易,做起来其实很难,千头万绪,焦头烂额,真把我头都忙晕了,忘记告诉大哥了。"

撒谎!吴冶平心里骂道。彻头彻尾的撒谎!这么大的事情,你告诉我还是没告诉我,难道你能不记得?再说,这不是告诉不告诉的事情,而是必须征得我同意的事情!

"你还当我是大哥吗?"吴冶平问。

"当然,"林中信誓旦旦地说,"大哥永远是我的大哥,是我的精神支柱，大哥对我的支持最大，没有大哥就没有我的今天……"

吴冶平看着林中，忽然感觉这不是之前认识的那个山东小伙子，而是另一个人，一个他根本不认识的人。

林中还在解释，还在为吴冶平歌功颂德，嘴巴一张一合的，像刚刚从水里捞起来的鱼。

吴冶平此时很讨厌林中，发觉林中在这样当面说谎的时候非常丑陋，不堪入目。他感觉自己被欺骗了。不，应该说是他自己把自己给欺骗了。没想到快到退休年龄了，竟然被一个乳臭未干的小伙子给骗了！

是啊，吴冶平想，我来深圳二十多年了，从港资厂生产主管做起，几经跳槽，最终进入深皇集团，从发展委下面的投资部小经理做起，一直做到董事局主席助理兼办公室主任，成为发展委主任的上级，什么样的大风大浪没见过，怎么能在小阴沟里翻船呢？

利益，吴冶平想。是利益，这叫利令智昏。

冷静，吴冶平又想，这时候我必须冷静。我还有一百万在他手上，不能轻易翻脸。当然，我不怕他翻脸，我来深圳二十多年了，哪个道上没有熟人？什么样的愁事怪事没有听过见过经历过？你以为深皇集团高管是那么容易混上那么容易当成的呀？不要说这件事情我占理，就是不占理，凭关系，我也比你有路数。但不论怎样，翻脸都是下策，翻脸的最终结果肯定是两败俱伤。吴冶平又自我安慰地想，没有底气的人才急于翻脸，而我是有底气的，至少在林中面前有足够的底气，所以用不着立刻翻脸，先把情况弄清楚再说。

这么想着，吴冶平就冷静了一些，他平静地对林中说："这样不妥吧。公司是我们两个人的。你是第一大股东，我是第二大股东。你是董事长，我是副董事长。像投资办厂这么大的事情，不是你告诉我不告诉我的问题，而是必须征得我同意的事情。你口口声声喊我'大哥'，聘我做顾问，假如真如你所说，是忘记告诉我了，那么在投资办厂的过程中，像你自己说的，遇到那么多的困难和挫折，经历那么多道坎，怎么没有一次向我这'顾问'咨询一下呢？怎么一次也没与我商量呢？怎么一次没请我帮忙疏通呢？"

"主要是不好意思给大哥添麻烦，"林中说，"再说，工厂建在惠州，不在深圳，遇上麻烦，找大哥也没用。"

"那不是，"吴冶平正色道，"深圳和惠州多近啊。你不要忘了，深皇集团在惠州有大量的投资，我们与惠州那边打交道的次数多着呢。上次富源广场的案子，闹得那么凶，就是我代表集团去处理的。上到市长，下到街道办主任甚至一些道上的弟兄，惠州的什么人我没接触过？你工厂建在哪里？有什么困难？看我能不能帮你协调协调。"

吴冶平这段话有夸大的成分。深皇集团在惠州有投资不假，但那并不是他直接分管的范围，所以，他虽然知道深皇集团曾经为富源广场的事情与当地的一家企业闹过纠纷，也惊动了地方各色人物，但这桩案子并不是他亲手处理的，所以，吴冶平在惠州并没有可以随时使唤的关系。他现在这样往大里说，带有警告林中的意思。

"那倒不用了，"林中说，"现在工厂已经办起来了，各种麻烦事情也都解决了。"

"噢？"吴冶平问，"这么说，你今后就用不着我了？"

"不是不是，大哥怎么能这么说。这件事情是我考虑不周，我忙晕了，忽视了，大哥您大人不记小人过，我向大哥赔罪，我愿意受罚，我……"

"走，你带我到工厂看看。"吴冶平突然说。

"好。"林中来不及思考就回答。

二人出了茶餐厅，林中请吴冶平上车，并且点头哈腰，亲自为吴冶平打开车门，还伸出一只手帮吴冶平遮挡车门上沿，仿佛怕吴冶平的脑袋碰着车门。吴冶平坚持开自己的车，不是因为他的宝马车比林中的本田好，而是担心万一话不投机翻了脸，不好意思让对方送回来。

吴冶平这么做，也表明他的底气，他不担心林中利用路上这段时间背着他打电话回工厂布置。吴冶平允许林中提前布置，他相信事实终归是事实，林中总不能这么快把工厂搬走吧。看他能玩出什么花样来。

从深圳到惠州的高速公路有两条，一条是深汕高速，通往汕头或河源方向的，另一条是新开辟的沿海高速，经盐田、葵涌、大亚湾往汕尾。吴冶平跟在林中后面，车子走深汕高速。经过岔路口的时候，吴冶平发觉车子往汕头方向走，而不是朝河源方向，他因此估计工厂在淡水一带，但不是在大亚湾，否则，就直接走沿海高速了。

工厂在惠阳区秋长镇，果然是淡水旁边。说实话，吴冶平之前并不知道淡水旁边还有一个秋长镇，以为它们是一起的呢。

下了高速，七拐八拐，终于到了一个破旧的工业区。停稳车，上了满是灰尘的四楼，忽然干净起来，"秋长中荣电子厂"的招牌挂在墙上。

"叫人把楼梯打扫一下。"吴冶平说。说话的口气，仿佛他才是这里的老板。

"是。马上安排。"林中应道。

经过一路的调整，吴冶平已经彻底冷静，此时看上去完全不是来兴师问罪的，倒像是大股东来视察工作。

林中殷勤地陪在旁边，有问必答。

工厂占据了半层楼，大约一千平方米。可以看出，确实是刚刚筹办的，虽然已经投入生产，主要设备基本到位，但仍然显得空荡荡，不是满负荷生产的样子。

看完生产线，走进办公室，喝着茶，吴冶平问："效益怎么样？"

"不怎么样。"林中小心地回答。

"不怎么样你还办厂？"吴冶平问。

"不办不行啊。大哥您知道，现在竞争太激烈了，自己没有工厂很难接单的。接到单也不能保证按时交货，所以，必须办厂，否则公司维持不下去呀。"

吴冶平听出林中话里有话，似乎在暗示，维持不下去，你吴冶平的资金就泡汤了。

吴冶平假装没听懂，问："注册资本多少？"

"五十万。"林中说。

"和林瑞公司一样？"吴冶平又问。

"是。"林中回答。

"几个股东？"吴冶平问。

"就我一个。"林中说，"另一个是假的，只占零点几。"

"股东是你个人还是林瑞公司？"吴冶平绕了一个弯，终于问到关键问题。

"是我个人。"林中回答。

吴冶平不说话了，喝茶，很专注地喝茶。

林中这一路显然也不是在打瞌睡，他经过了认真思量，似乎知道吴冶平会问这个问题，此时耐心地解释说："因为我知道效益不好，所以就没敢拉大哥入伙，想自己一个人承担风险。大哥您放心，虽然效益不好，但有工厂总比没工厂好，即便中荣不赚钱，只要能维持，林瑞公司的业务就有保障，承诺给大哥的固定分红和利息一分钱也不会少，年底还有追加。"

吴冶平不接林中的话，按照自己的思路走，继续喝一口茶，问："厂房装修和设备投资大概有一百万吧？"

"是。"林中说。

"差不多正好是我投资给你和借给你的钱？"吴冶平问。

林中愣了一下，说："我另外又筹集了一些，找我表哥借了五十万。"

"我的钱还是占大部分？"吴冶平追着问。

"是，谢谢大哥的支持。我保证兑现大哥的利益，协议怎么写的，就怎么执行，绝不打折扣。"

吴冶平听出来了，林中的回答表面上客气，其实暗藏争辩。意思是说，他这样做并没有违背双方的协议。

是，从情理上说，林中办工厂应该告诉吴冶平，但如果他不告诉吴冶平，也不违反协议。无论是入股协议还是借款协议，上面都没有明确这项告知义务。但林中这样做，会伤害双方的信任，而信任又是和感情联系在一起的，因此，吴冶平心里仍然不高兴，有一种老江湖被菜鸟耍了的感觉。

"协议怎么写并不重要，"吴冶平说，"我们之间的协议，说到底是君子协议，不可能写得那么详细，写得太详细，就不像兄弟了。"

"那是，那是，大哥说的是。"林中赶紧应道。

"说实话，你之前的林瑞公司是没有资产的，"吴冶平说，"如果你成立中荣公司的时候，发起人不是你个人，而是林瑞公司，也就是把林瑞作为中荣的母公司，我们仍然执行之前的协议，不管工厂赚多少钱，我仍然是每月拿固定分红，其实并不影响你的利益，不是更好？"

"是是是，大哥说得对，确实是我考虑不周。"林中说。

"不是考虑不周,是考虑得太多了吧?"吴冶平眼睛专注地看着杯中的茶叶,轻声说。

"是是是,是我多心。"林中说,"我把问题想得太复杂了,怕告诉大哥后,万一大哥不同意,我就开不成工厂了。"

"哦?我有那么大的影响力?"吴冶平问。

"当然,"林中说,"不告诉大哥,先把工厂开起来,万一失败了,损失我一个人承担,如果做好了,再告诉大哥,给大哥一个惊喜。"

说得好听!吴冶平心里想,你这点小心眼儿,我还看不出来?

不过,事已至此,就只能往最好的方向纠正,而不是让对方下不来台,不能为了出气而影响双方的合作。

"小林啊,"吴冶平说,"我老了,想休息了,不想有所作为了,要不然,在深皇集团,我赖着不走,也没人敢动我。"

"那是,那是。大哥是深皇的元老。"林中赶快说。

"元老谈不上,但那么大的深皇集团,我从发展委下面投资部经理做起,一直做到董事局主席助理兼办公室主任,进入集团的核心层,成了发展委主任的上级,并不是我有多么硬的后台或者是会拍马屁吧?"

"是能力,大哥的能力超群。"林中说。

吴冶平摆摆手,说:"错,不是能力,能进深皇总部的人,都是有能力的。"

"那是……"林中不敢乱说了。

"是做人,"吴冶平说,"关键是做人。其实做什么都是做人。尤其是做老板,更是做人。小林啊,说句掏心窝子的话,我真的发现,人这一辈子,关键是做人。比如我把钱借给你,向你的公司投资,其实看重的还是你这个人啊,我相信你会做人啊。"

"感谢！感谢！"林中说，"我还年轻，在做人方面还要向大哥学习。请大哥多批评，多指教。"

"你知道做人最关键的是什么吗？"吴冶平问。

"真诚。"林中说。

吴冶平没说话，摇摇头。

"大哥讲，"林中说，"大哥请讲，请讲。"

"换位思考。"吴冶平说，"就是站在对方的角度看问题，考虑对方的感受。不要只想着自己聪明，要相信别人和你一样聪明。"

"是。大哥教训的是。"

"不是教训，"吴冶平说，"你换位思考一下，假如你是我，说好了要和别人一起投资办厂，结果，一百万资金出了，厂子也办起来了，却与你一点关系都没有，你既不是直接股东，也不是间接股东，你自己怎么想？"

林中的额头开始出汗，吴冶平也见好就收。他像有经验的大律师那样，在询问对方一个关键问题并得到满意回答之后，立刻说"我没有问题啦"。这时候，吴冶平一抬手，看看腕上的金表，说："啊，时间不早了，我该回去了。"

"这就走？"林中似乎还没有反应过来，说，"吃了饭再走吧，我请大哥吃饭。"

"不了，"吴冶平说，"吃过饭天就黑了，我不喜欢开夜车。"

林中说："没关系，我让司机送您。"

吴冶平说："那何必呢，我们兄弟之间还在乎一顿饭？"

林中见留不住，就说："那我送送您。"

吴冶平略微想了想，说："也好，你把我送到高速路口，我怕自己找不到。"

1.3

吴冶平刚刚回到深圳,林中的电话就追过来了。

吴冶平料到林中会打电话过来向他解释的,但没想到这么快。

解释什么呢?吴冶平不想听林中的任何解释,他想看到林中的行动,看林中拿出什么具体的纠正或补救的办法来。

不外乎两种方式,吴冶平猜想。一种是立刻纠正错误,把中荣公司的股东由林中个人换成林瑞公司,这样,等于工厂也有吴冶平的一份,准确地说也有吴冶平百分之二十的股份。这种纠正对林中没有任何损失,因为,按照当初他们双方的协议,无论公司经营状况好坏,当然也包括无论公司下面是不是有工厂,吴冶平都是每月领取固定分红,但这样的纠正会让吴冶平心里舒服些，起码，他入股林瑞的五十万并不是买了虚股，而是拥有实业的实股。

另一种方式是在中荣公司股东里面加上吴冶平的名字，后面作为借款的五十万转化为中荣公司的股份，同样是拿每月一万元的固定分红，同样是年底根据效益适当追加分红。如果这样，吴冶平的实际收入或许少一点，但可以终身制，并且有实业做抵押，感觉安全一些。不过，这种方式有一个麻烦，就是不好确定吴冶平在中荣公司的股份。林瑞公司是虚的，林中说净资产二百五十万就二百五十万。中荣公司是实的，总共有多少万资产是能计算出来的。按照吴冶平下午所看到的情况，估计厂房装修和设备投资一百五十万左右，那么，吴冶平的五十万就要占公司股份的三分之一，林中舍得给吴冶平三分之一的股份吗？这，难道才是林中"忘记"告诉吴冶平的真正原因？

果然不出吴冶平的所料，林中简单寒暄几句后，直入主题，说了想纠正或者补救的方式。但是，令吴冶平始料不及的是，林中既没有采用吴冶平设想的更换股东方式，也没有说到为中荣公司增添股东的方式，而是说了吴冶平根本没想到的第三种方式。

林中说，他在注册中荣公司的时候，最初是想让林瑞公司作为发起人的，但如果那样做，手续就非常麻烦，需要直接注册有限责任公司，需要同时通过消防和环保两个部门，需要花很多钱并且耽误很长时间。而如果以他个人作为发起人，则可以先注册成小规模企业，等运作一段时间后，再转换成有限责任公司，简单许多。

吴冶平听了觉得有一定的道理，但他及时提醒自己：别听他忽悠。

林中继续说，因为工厂的效益确实不敢保证，所以，他也不敢拉大哥入股中荣，还希望大哥理解。

吴冶平一想，也是，如果当初林中真拉他入股中荣，建议他的五十万借款转为中荣厂的股份，他可能真不一定会立刻答应。毕竟，作为小规模企业的中荣公司，虽然实际资产超过一百万，但注册资本最初只有五万，运作一段时间之后才转换成注册资本五十万的有限责任公司，吴冶平的五十万如果一开始就投进去，账面上却只能显示两万，万一对方是套他，他不是连个说理的地方都没有？不是比单纯的借款更不安全？

最后，林中说："如果大哥真想做，我有更好的建议。"

"什么建议？"吴冶平问。

"投资前道。"

"前道？"吴冶平不解。

"这是我们业内的说法，"林中解释道，"后道是生产电子元件的，前道是生产电子芯片的。芯片在前，所以叫'前道'。"

"前道工序后道工序的'前道'？"吴冶平问，"你是说我们再另外投资一个工厂，生产芯片？"

"对。"林中说，"前道比后道赚钱。"

接着，林中就反复说明前道如何如何赚钱。说他一个朋友，准确地说是当初他们台资企业的一个中方副总，也辞职出来自己办厂了，但他办的不是后道，而是前道，刚办厂的时候，欠了一屁股债，不到两年，就开上路虎了，眼下正筹划公司上市，等等。

"我现在的中荣厂就是买他的芯片。"林中说。

这有可能，吴冶平想。吴冶平虽然是师范学院毕业的，但他的专业是物理，算是半个"理工科"，加上来深皇集团之初在港资厂当过生产主管，对"前道工序""后道工序"的概念并不陌生。他相信生产芯片的利润确实应该更高一些。但是，"前道"的技术含量高，估计投资也大，所以，门槛也高啊。

"你有这项技术吗？"吴冶平问。

"我当然没有，"林中说，"但可以请人啊。我在这行干了这么多年了，认识很多人，想请一个人很容易。"

吴冶平想了想，说："不行，请人不行，拉一个懂行的人入股还差不多。"

"对，还是大哥说得对，长期请人不是办法。要做，我们就拉一个掌握技术的人入伙。"林中说。

一听林中讲"还是大哥说得对"，吴冶平立刻警觉起来，他感觉有些不对劲。怎么说着说着，话题被绕到投资前道上面去了？而且，按照林中"还是大哥说得对"的说法，就会把林中自己的想法转换成是"大哥"的想法，而他所做的一切，似乎是按照"大哥"的指示执行了。

吴冶平决定赶紧打住，这是吴冶平的职场经验，一旦发觉不在自己的语境中，最好的办法就是要求"暂停"。

"啊呀，"吴冶平说，"我有些累了，今天先聊到这里吧，我还没吃晚饭呢。"

他们之间沉寂了一段时间，或者说是"冷"了几天。但吴冶平毕竟还是林瑞公司的股东，他们之间毕竟还存在债权债务关系，不可能"冷"得彻底，所以，仍然联系。

说实话，这段时间吴冶平主动联系林中的时候多，林中主动联系"大哥"的次数少，可能是林中确实比较忙吧。但只要吴冶平主动给林中打电话，林中都十分热情，开场白是："大哥好！我正要向您汇报工作呢！"吴冶平明明觉得很虚伪，但听上去仍然有些温暖。毕竟，他离职了，在家等退休了，已经没有人向他"汇报工作"了。每次通话，林中都说"形势大好",说他又接到某个大单了,生产任务根本完不成,等等。每次听到这些,吴冶平多少有些高兴。因为他一贯信奉"客户第一"的经营理念,只要有足够的订单,企业就确实"形势大好",这样,他的资金就很安全,他的分红和利息也更有保证。

也不尽是虚的,也有实的。比如每月的8号,林中都在上午准时把利息和固定分红打到吴冶平的账上。每次吴冶平从手机上看到银行的提示短信,都获得一丝安慰,都想起林中的好处。想着自己是过来人了,做人要宽容,林中是人,不是神,他身上肯定有许多缺点和毛病,但只要在资金的问题上能严格遵守信用,自己就不必苛求林中在其他方面处处完美了。说到底,自己与林中的关系是"金钱关系",到目前为止,林中虽然在私下办厂的问题上做法不妥,在事后的补救措施上也没有让吴冶平看到足够的诚意,但在最关键问题上,也就是在钱的问题上,还没有失信于"大哥"。

这期间,吴冶平又去了惠州一次。因为林中为儿子办满月酒,特意请了他。吴冶平如果不去,就好像舍不得出红包了,所以必须去。本来,吴冶平完全可以自己开车去的,但林中很热情,专门跑过来接。去了之后才发现,林中办满月酒是假,借机拉近与客户的关系是真。除了吴冶平,其他几乎全是客户。

林中对吴冶平的接待似乎比客户更殷勤。比如从惠州回深圳,本来让司机送一下就可以,但林中坚持亲自送吴冶平回来,让吴冶平除了温暖之外,还多少有些不好意思。路上,吴冶平主动问起投资"前道"的事情,林中眉飞色舞说了许多,归纳起来,最重要的是两点:第一,因为国家建设新农村的"村村亮"政策,他们生产的电子元件供不应求,且呈逐年上涨的趋势;第二,"前道"太赚钱了,毛利达到百分之六十，再不上马，机会或许转瞬即逝。所以，他打算提前上"前道"，今天请吴冶平来吃酒，就是打算当面向"大哥"汇报这件事情。

"你有钱了？"吴冶平问。问完又察觉自己说话不严谨，应该问"资金问题是怎么解决的"比较准确。

但林中不介意，他说："我哪儿有钱？拉投资呗！"

"谁？"吴冶平问。

林中说："那个坐你旁边的老头，嘉顺科技的卓总，你记得吗？"

"他？"吴冶平问。

"是。"林中说，"还有您对面的马总，我旁边的周总，他们都有投资意向。特别是卓总，他好像和您交换名片了吧？投资意向十分坚决。"

"哦，"吴冶平心里忽然有些醋意，问，"他们打算投资多少？你们之间怎么合作？"

"还在谈。"林中说，"所以我要先向大哥汇报，听听大哥的意见。"

吴冶平听得出，林中显然接受了上次投资办中荣厂的教训，想着知错就改还是值得表扬的，自己不必耿耿于怀。

回到深圳，吴冶平先是根据卓总的名片上网检索了一下，了解到嘉顺科技是一家在创业板上市的高科技企业，卓总是该公司的总工程师。再打开嘉顺科技的网页，证实公司的产品确实用到中荣目前生产的这种电子元件。

吴冶平决定直接与卓总接触一下。他后悔没有与更多的人交换名片，比如对面的马总和林中旁边的周总，等等。主要是吴冶平使用的仍然是在深皇集团担任高管时的旧名片，每次与人交换的时候，都要特别说明一下，很尴尬，所以只与旁边的卓总交换了一张，要是当时与更多的人交换，估计了解的情况会更加全面。不过没关系，卓总的身份已经得到确认，且卓总比吴冶平更年长，这个年纪的老知识分子估计不会与林中合伙骗他。再说，也骗不了，投资入股，是需要动用真金白银的，只要钱是真的，就假不了。

吴冶平此时想打电话给卓总的动机，主要是想验证林中的话里到底有多少水分，他似乎对林中背着他办中荣公司的事情没有完全释怀。他努力说服自己原谅林中，也好像确实已经原谅了，但原谅并不等于忘却。吴冶平想通过核实林中话中的水分，判断在中荣问题上林中的解释到底有多少诚意。

吴冶平等了两天才给卓总打电话。不是没时间打，是不希望让对方感到他很急，更不希望让林中感到他很在意这件事。

卓总很客气，简单寒暄之后，吴冶平问起投资"前道"的事情。他最希望卓总回答说根本不知道这件事情，或者仅仅是知道，根本没有做出决定，完全不像林中所描述的"投资意向十分坚决"。如果这样，吴冶平就相信自己基本上已经把林中看透，就会找理由把借给林中的钱逐渐收回来，甚至把已经入股林瑞的资金撤回来。

但是，卓总说："啊，是，不是我投资，是我儿子投资。我本人作为嘉顺科技的高管，不方便这么做的。"

卓总的回答已经证实了林中的话，甚至有过之而无不及，不是"投资意向十分坚决"，而是已经决定投资了，只是为了规避不必要的影响，用他儿子的名义投资罢了。

吴冶平又进一步问了投资这种电子元件和芯片的回报率的情况。卓总显然比他懂行，说话也比林中客观。卓总说生产这种电子元件的利润率并不高，主要是做量，近些年中国搞新农村建设，加上灾难性天气不断，这种保护性电子元件消耗量很大，需求量更大，呈持续上涨趋势，所以，至少在未来六年之内,投资风险不是很大。至于生产芯片,也就是"前道",卓总说这项技术之前一直被台湾或国外垄断,国内自主开发并生产的情况比较少,所以具体利润率他也不是很了解,但凭常识,生产芯片的利润肯定高于生产元件。

证实林中没说假话,吴冶平的心情爽快许多,或者说释然不少。他甚至部分相信林中在私下办厂的问题上并不是存心欺骗他,而确实是因为林中没有把握,为了避免干扰,所以才没事先告诉吴冶平。

如果真是这样,吴冶平想,那么林中当初这么做不仅不是不厚道,相反,是好心了?

看结果,吴冶平又想,结果是到目前为止,虽然林中办中荣厂事先没有告诉"大哥",确实让吴冶平心里不爽,但并没有损害吴冶平的实际利益。今天回过头来看,即使当初林中事先告诉吴冶平,又能怎样?难道吴冶平会阻止林中办厂?或者提出必须让林瑞公司作为发起人?估计不会,就是吴冶平真的这么要求了,在实际操作过程中,也会因为手续麻烦、开销过大而放弃。

林中再次约"大哥"出来坐坐,地点仍然是位于吴冶平家附近的茶餐厅。

这次他是专门向吴冶平汇报投资"前道"的事情的。

林中说资金问题已经解决了。就是上次一起喝满月酒的几位老总,还有浙江宁波的一个大客户,上次因为路途太远未能来惠州,"大哥"没有见到,其他几位"大哥"都认识。

林中明确地表示,上次投资后道,事先没有向大哥汇报,非常对不起,这次接受教训,事先向大哥请示,还望大哥能原谅他上次的鲁莽。

林中这样一说,吴冶平就真的有些不好意思了。他马上纠正说:"讲

'请示'言重了，做人要守本分，我的本分是当好你的顾问，所以，在做重大决定之前，我帮你参谋一下还可以。"

"是请示，是请示。"林中说，"'参谋'的意见仅仅是参考，而'请示'的意思是大哥您拥有否决权，如果大哥坚决反对，这个项目我就不做，至少暂时不做。"

尽管有些夸张，但因为是"正夸张"，所以仍然让吴冶平听了舒服。仔细一想，可能真是这么个理，如果吴冶平坚决反对，估计林中真的会不做了，至少暂时不做。那么，吴冶平想，上次他怎么不事先"请示"我呢？估计是上次林中自己的态度坚决，一定要做，担心"请示"吴冶平之后万一遭到反对就干扰决心了。

这么想着，吴冶平就问："我怎么感觉在投资前道的态度上，你没有上次投资后道坚决？"

林中愣了一下，说："是吗？"

"是，"吴冶平肯定地说，"我有这种感觉。"

"可能吧。"林中说，"上次是不得不做，生死存亡，这次是锦上添花，能做当然更好，不做也没关系。另外……"

林中说到这里，忽然停了。

"另外什么？"吴冶平问。他感觉，越是吞吞吐吐不好说出口的，往往越值得一听。

林中迟疑了一下，说："另外投资后道资金少，我紧一紧自己就能搞定，而投资前道资金大，我自己搞不定，必须与人合作，所以，能做就做，不能做就不勉强自己。"

吴冶平点点头，似乎对林中的回答表示理解，或者表示满意。然后他问："多少钱？我是问前道投资总共要多少钱？"

"至少四百万。"林中说,"这还不包括建成之后维持生产所需要的流动资金。"

"你手上有多少?"吴冶平问。

林中又迟疑了一下,说:"我手上的钱最多就能提供流动资金。"

吴冶平问:"那就是说,你一分钱没有,完全靠拉人入股建成前道工厂?"

林中不好意思地笑笑,说:"大概就是这个意思,所以我才表现得不如上后道的时候坚决。"

吴冶平又想了想,问:"你是不是根本就不打算上前道?之所以摆出这个架势,就是想表达你对我的尊重,或者是希望用这种方式对你之前投资后道没有事先告诉我的事进行一种补救?"

"那不是,"林中说,"不瞒大哥,我是想做一番事业的,最好能做到公司上市,起码是创业板上市。而林瑞公司主要是开发市场,中荣公司主要是做产品,两个公司都没有任何技术含量,而且利润薄,要想赚钱,要想做大,要想上市,就必须上前道,建立一个完整的体系,形成产业链,规模、效益、研发都跟上才行。"

士别三日当刮目相看。林中还没离开过吴冶平的视线呢,一年多之前还是在吴冶平信口开河鼓励下从台资企业跳出来自己开公司,现在就已经考虑公司上市了。假如真像林中说的那样,上前道,形成完整的生产链,然后三家公司合并,成为一家公司,把产值、利润、研发成果合并在一起,创业板上市也不是没可能的。如果那样,吴冶平想,自己投资的一百万,不就一下子变成几千万?不要以为这是白日做梦,在深圳,这样梦想成真的例子还少吗?

"你现在具体进展到什么程度?"吴冶平问。

"还在谈。"林中回答。

"什么意思?"吴冶平问,"跟谁谈?谈什么?"

"当然是跟卓总他们谈,"林中说,"谈合作方式。因为我自己没钱,又想掌控公司,所以双方条件谈不拢。"

吴冶平心里想,所以你就来找我了?假如你们能谈得拢,你是不是和上次一样,根本就不告诉我?

吴冶平的心又低沉了一下。不过,他很快就自我调整过来。多年的商场经验告诉他,不要太在乎对方的动机和态度,关键要看实际效果。实际效果对自己有利,即便对方的动机和态度不纯,生意照样做;实际效果对自己不利,纵然对方的动机良好,生意仍然不能做。

"这也不是绝对的,"吴冶平说,"做企业当然不能没钱,但钱不是唯一的。投资前道,你虽然没有钱,但你手上掌握市场啊。你的林瑞公司,其实是专门做市场的。你不如拿林瑞公司作为发起股东,把林瑞公司装进前道工厂里面去,折算成资本,不就等于你出资金了吗?"

吴冶平的这个建议,看似是为林中"顾问",其实有他自己的算盘。上前道,吴冶平是拿不出钱了,但他持有林瑞公司百分之二十的股份,如果林瑞公司作为前道工厂的发起人,吴冶平就间接地成为前道工厂的股东,将来万一公司能折腾上市,他就成为受益者,不能折腾上市,他也没损失。

"是啊,"林中高兴地说,"我怎么没想起来呢。还是大哥英明。"

第 2 章　　　　　　　Chapter 2

己所不欲，巧施于人

2.1

林中回去之后,按照吴冶平的提示与卓总他们谈,效果并不理想,主要是双方在持股方式上意见不统一。投资方认为,林中不出钱,只出所谓的"市场",所以只能给"干股"。另外,如果林中确实有诚意,就该拿中荣公司入股,而不是拿没有任何资产的林瑞公司充当股本。

这样的条件,林中当然不会答应。他对吴冶平说:"如果这样,不如不做了。"

吴冶平也有同感。如果按照卓总他们的要求,让林中以中荣公司作为发起股东组建前道公司,那么新公司就与吴冶平一点关系都没有了。但他对林中不能这么讲,他说:"如果中荣公司并入前道公司,你必须有两个思想准备：第一，从公司成立的第一天起，你的中荣公司所产生的每一分钱利润都属于全体股东，都必须拿出来让大家分红；第二，万一前道工厂进展不顺，你就必须接受中荣公司被一起拖死的事实。"

林中感觉到了资本的力量，而他没有足够的资本，所以，对上前道他虽然雄心勃勃，但却无能为力。他非常惋惜，却很无奈。林中决定面对现实，放弃。

吴冶平说："不能遭受一点挫折就放弃。"

"不是'一点'挫折，"林中说，"是凭我的实力，根本迈不过这道坎。"

吴冶平说："所有成功的大企业家都经历过你这样的坎，甚至经历过比你眼前更大的坎。"

"可我不是成功的大企业家呀。"林中说。

吴冶平问："你不想成为大企业家吗？"

林中不说话了。

他们商议，再与卓总做最后一次谈判，谈成更好，谈不成再说。

林中要求吴冶平与他一起去见卓总。理由是，吴冶平也是林瑞公司的股东，涉及林瑞作为前道芯片厂发起股东的问题，他应该参与。

双方见面，吴冶平抛出他设想的方案：卓总他们出资金购买设备、租用厂房及装修，林中这边出市场、出技术、出管理和流动资金，双方各占百分之五十的股份。同时，林中这边持股的身份不是他个人，也不是中荣公司，而是林瑞公司。

该方案吴冶平事先与林中沟通过，他当然没意见，但对方的马总、周总强烈反对，卓总虽然没有明确否定，却微笑着问吴冶平："吴总，这样的条件，你自己做出资方怎么样？"

没法谈了。

这样的结果，林中似乎早就预料到了，所以他并未沮丧，相反，还有一点轻松的感觉，倒是吴冶平不能释怀。卓总的微笑其实包含嘲笑，话语也绵里藏针，暗指吴冶平有悖"己所不欲，勿施于人"的做人之道，对他们这一辈子人来说，这涉及基本的做人品格问题。

是啊，吴冶平想，换上我，我能接受这个条件吗？

吴冶平想了想，想象着自己假如有几百万闲钱，自己愿意按照这个方案与林中合伙开办生产芯片的前道工厂吗？想到最后，结果是他愿意，条件是，起初资金必须掌握在他自己手上，等到自己的投资全部收回之后，再把法人代表的位置让给林中，让林中成为名副其实的"老板"。

他又想了一些细节，想着他之所以能够接受这个方案，是因为林中这边的股份不是以林中个人的身份持有，是林瑞公司，而吴冶平自己在林瑞公司中拥有百分之二十的股份，所以，按照上述方案，在新组建的前道公司中，如果吴冶平作为出资人，他除了直接拥有新公司百分之五十的股份外，还间接持有百分之十的股份，两项加起来，吴冶平实际拥有的股份达到了绝对控股。

这就是他不同于卓总的地方，也是他优于卓总的地方。

这百分之二十的林瑞公司股份，就是卓总不接受而吴冶平能接受的原因。

吴冶平忽然兴奋了一下，仿佛看到了自己成为一家上市公司董事长的那天。当然，他老了，没有野心了，即便他是第一大股东，也不想担任董事长，董事长或"成功企业家"的帽子还是留给林中这样的年轻人吧。

但是，这一切的前提是他必须有钱，有几百万的闲钱，可他哪里有这笔钱呢？

不，也不一定是"钱"，资产也可以，比如他现在居住的房子，还有他用于出租的那套房子，都是可以在银行做抵押的。

这么一想，吴冶平就忽然紧张了一下，仿佛看见投资前道失败了，钱被林中卷跑了，他一无所有了。

这种情况不是没可能。吴冶平来深圳二十多年，收获之一是见过许许多多形形色色的骗子。不过，正因为见得多，所以他不害怕，他相信自己对骗子有一定的识别能力。他相信林中不是骗子。骗子一般是玩虚的，很少有开工厂做实业的骗子。做实业，公司的资产是以设备的形式摆在那里，变不出现金，林中不可能在一夜之间把设备搬走，或者擅自把设备全部卖掉。再说，即将注册的企业法人代表是实际出资人，不是林中，林中没有权利转移或变卖公司资产，怎么骗？

对，吴冶平又想，还必须附加一条，财务经理由我这边委派，这样，就是林中想把资金卷走，也做不到。

吴冶平让自己冷静了几天，再次约林中来谈。

林中似乎已经对投资前道的事情不感兴趣了，或者说是不抱任何指望了，但出于礼貌，出于对吴冶平的尊重，还是立刻从惠州赶来深圳。

二人面对面坐下，吴冶平把自己这几天仔细琢磨过的想法一说，林中立刻说没问题，完全按大哥的意见办。

吴冶平建议邀请卓总一起入股。

林中没说话。

吴冶平解释说，一方面，他个人的资金可能不够，因为，两套房子加起来虽然值个几百万，但抵押给银行是要打折的，甚至打对折；另一方面，他看卓总对此事非常热心，卓总又是林瑞的老客户，有合作基础。

这些当然都是吴冶平的心里话，但有一条更重要的他没说，就是他怕自己老了，万一遇上什么利益冲突，他斗不过林中这样的年轻人了，必须拉上另一个股东，形成三角关系，相互牵制。吴冶平深谙股东关系首先是合作关系，但更是斗争关系，所以，合作之前就必须合理布局。

"我没意见，"林中说，"就是不知道卓总是否愿意。"

"试试看，"吴冶平说，"事不宜迟，你现在就联系他见面，当面谈。他上次将我一军，我这次将计就计，答应他的条件，看他怎么说。"

大概是林中私下成立中荣公司的事留下了后遗症，吴冶平对林中不是很放心，总觉得他有些虚，喜欢耍小聪明，所以，对于想好的事情，必须现在就做，双方当面做，不给林中做手脚或耍小聪明的机会。

大约一小时后，他们就和卓总坐在了一起。

简单寒暄几句后，吴冶平开门见山，说："上次卓总问我，如果换上我，这样的合作条件我是不是愿意作为出资方。说实话，当时把我问住了，因为这个问题太突然，我之前没想过，所以不能立刻回答。这几天我冷静想了想，觉得卓总的话有道理，己所不欲，勿施于人嘛，如果我自己不愿意，却鼓动您卓总投资，就不厚道了。所以，今天我当面正式答复你，如果是我，我愿意。"

卓总愣了一下，然后爽朗地一笑，说："好啊！祝贺啊！"

"但我想拉卓总您一起做。"吴冶平说。

卓总不笑了。

吴冶平进一步说："通过几次接触，我感觉卓总您是个非常睿智并有胆量的人。投资前道好是好，但我不懂，我需要壮胆，我对年轻人也不是百分之百放心，我真心想和卓总长期合作。"

因为吴冶平这些话是当着林中的面说的，在卓总听起来，其态度不可谓不真诚，让他很难拒绝。卓总先看看林中，然后看着吴冶平，说："您这个建议对我也比较突然，容我想想，过两天答复你们，可以吗？"

过了两天，卓总给林中打电话，说可以考虑，但有一个附加条件——让他儿子在公司担任副总。

林中把话传给吴冶平，吴冶平想都没想就说可以，说应该的，还顺便向林中提出，财务经理必须由他委派。林中说没问题。

新成立的公司叫德邦科技发展公司。特意加上"科技"二字，是为将来的创业板上市做铺垫。

发起股东共四人。除了林中、吴冶平和卓总之外，还有一个胡工。

协议经历过两个版本。

第一份协议是吴冶平和卓总合起来作为"甲方"，林中代表林瑞公司作为"乙方"。协议规定甲方出资金，乙方出市场、技术、管理和流动资金，双方共同发起成立生产芯片的德邦科技发展公司。

第二份协议把胡工拉了进来。因为林中自己并不懂芯片的生产技术，他必须拉之前台资厂的同事胡工进来。林中承诺在"乙方"的股份中拨出十个点给胡工。因为林瑞公司是林中和吴冶平两个人的，所以林中征求吴冶平的意见。吴冶平自然同意，同时，为了进一步"绑住"胡工，他提出让胡工也多少出一点钱，和他、卓总一起作为"甲方"，与林中代表的"乙方"签协议。于是，最后的协议文本是吴冶平、卓总、胡工作为"甲方"，林中代表林瑞公司作为"乙方"。另外，林中自己还代表"乙方"与胡工签订一份协议，承诺将"乙方"股份中的十个点赠予胡工，这样，胡工就与吴冶平一样，成为德邦公司的"双重股东"了。

公司号称资产一千万。其中吴冶平实际出资三百万，卓总出资一百八十万，胡工出资二十万，另五百万是所谓的"无形资产"，就是林中代表的林瑞公司出的市场、技术、管理和运作之后再投入的生产流动资金。

一切似乎都在按照吴冶平设想的路线推进，一切似乎比他预想的还要顺利。但吴冶平还是有一丝隐约的不踏实，因为林中与胡工所签的协议没让吴冶平过目。

不错，吴冶平确实说过"你全权处理"这样的话，但无论是吴冶平作为"乙方"第二大股东的身份，还是作为林中的"特别顾问"，林中都应该让吴冶平了解他与胡工所签协议的具体内容。可林中并没有这样做，吴冶平因为有"你全权处理"这句话，也不好主动问，但心里总觉得怪怪的。

是林中仍然年轻，不会处理事情，再次犯了投资中荣公司时所犯的错误，还是其中隐藏着什么小心机？能隐藏什么小心机呢？

不管他了，吴冶平安慰自己，多一事不如少一事。不知道也好，将来万一发生什么问题，自己没有一点责任，让他林中一个人承担吧。

2.2

为筹措资金，吴冶平不得不卖掉一套房子。

刚开始打算做抵押，实际操作中发现并不可行，主要是打折太多，必须两套房子全部抵押，且利息很高，吴冶平每月支付两套房子的抵押贷款利息不合算，不如干脆卖掉一套房子简单。

吴冶平并不懊恼，相反，他很感谢林中。房子卖了三百多万，而之前的租金每月只有六千多，即使不投资前道，单纯地借给林中，或借给其他朋友，三百万房款利息不按每月三个点算，只按两个点算，每月收入也是租金的十倍。如果不是林中，吴冶平自己根本想不起来这么做。当然，深圳的房子在不断涨价，但凭吴冶平的判断，房价无论怎么疯狂，也不至于在目前的价位上再涨十倍，只要涨不到十倍，他就不吃亏，就该感谢林中。

还是大城市好，吴冶平想，如果没来深圳，在内地的小县城，按照不好不坏的平均发展水平，自己这辈子大概也是挣两套房子，但内地小县城两套房抵不过深圳的半套房子。现在，吴冶平只卖掉了其中的一套，就轻松筹措了三百万资金，成了新成立的德邦科技公司的第一大股东和法定代表人。按照协议，他派自己的外甥女到公司担任财务经理，卓总派他的儿子到公司担任副总，林中任总经理，胡工任总工程师，一套班子迅速形成。

工厂地址仍然选择惠阳区的秋长镇，与林中的中荣厂挨得很近。

吴冶平的想法是两家公司最好在一栋厂房里，起码在一个工业区里，便于管理和物流。但林中说做不到，因为生产前道的工厂有造粒塔和大型烧结机，必须在一楼，中荣厂所在的工业区没有空置的一楼厂房，只好退而求其次，在附近工业区找了一栋厂房。

刚开始一切顺利，两千多平方米的厂房被装修一新，按照工艺流程安装了成套设备。另外只花了两万块钱，就租赁下屋山头的一块空地，安装了高大的造粒塔。凭感觉，无论是林中还是胡工，在工厂的筹建阶段都是尽心竭力的，基本上没做手脚。在吴冶平这个外行看来，这么大的厂房和这么多的设备，别说五百万，就说一千万，他也信。

但是，问题很快暴露出来了。

首先是没有流动资金。

按照协议，流动资金由林中解决，但林中根本没钱。他的钱全部投在后道中荣厂了，且捉襟见肘，哪里还有多余的钱充当德邦科技公司的流动资金？另外，所需要的流动资金不是几十万，而是几百万，就是林中没办中荣厂，或者现在把中荣厂卖掉，也筹措不到这么多钱。

吴冶平很生气，但眼下不是追究责任的时候，要解决问题。办法是借钱给林中，让林中拿着借来的钱做德邦科技公司的流动资金。

幸好，吴冶平身上还有几十万，借给林中还可以拿利息，不吃亏。

几十万很快花完了。吴冶平此时才明白，流动资金不是解决一个月的生产费用，而是至少要解决三个月的费用，因为下家的回款期是三个月。这是行规，分别叫作三十天结、六十天结和九十天结。订单的利润率越高，结算期就越长，所需要的流动资金就越多。

第二个月是卓总借的，第三个月揭不开锅了。

难道投产两个月就关门？

其次是利润率远远达不到林中当初所说的百分之六十。事实上，头两个月是亏损的。

吴冶平问林中是怎么回事，林中说，主要是产量，产量上不去，肯定要亏损。

吴冶平一想，也是，每月工厂的固定开销房租、水电、人工费用加起来二十多万，产量不超过一百万，当然要亏损。可是，产量要超过一百万，每月的流动资金就不得少于七八十万，三个月流动资金差不多三百万。林中自己基本上一分钱没有，第一个月靠吴冶平借钱，第二个月靠卓总借钱，第三个月怎么办？

吴冶平和卓总一起努力，共同想办法，好歹把第三个月对付过来了。

可是，企业仍然亏损，要想扭亏为盈，必须扩大产量，把产量从目前的不到一百万增加到每月两百万。吴冶平初步估算了一下，如果月产达到两百万，每月能账面盈利三四十万，虽然与林中当初所说的"利润率百分之六十"相差甚远，但只要每月能拿出二三十万分红，也比银行利息高，比折算成房子的房租高，吴冶平也能接受。问题是，要实现产量两百万，就必须至少准备每月一百五十万的流动资金，仍然按照三个月回款期计算，差不多总共需要五百万的流动资金。协议规定是林中解决流动资金，但林中根本没有钱，不要说追究他的责任，就是把他杀了，也解决不了问题。

吴冶平很无奈。这不能说全是林中的错，他自己也有责任。说到底，是自己没有直接经营企业的经验。吴冶平刚来深圳的时候，在外资厂当过生产主管，但生产和"经营"是两回事，生产只是按照老板下的订单组织工人完成产品制造，至于资金周转，完全不是他考虑的问题。吴冶平后来进入深皇集团，从发展委投资部经理做起，一步步做到董事局主席助理兼办公室主任，管的是股东权益和资本运营以及二级公司班子调整等宏观层面的事情，哪里掌握过具体一个企业的经营？不懂，还想赚大钱发大财，不栽跟头才怪！

吴冶平不想栽得很惨。他发挥自己在宏观判断方面的能力和经验，相信大方向没有错。无论是投资的产业还是投资的人，都没错，错在技术层面，而技术层面的错误是可以通过技术调整获得纠正的。

林中比吴冶平急，几乎天天打电话向吴冶平"汇报工作"，但每次的"汇报"都是幌子，到最后，问题仍然汇集到借钱上。林中反复向吴冶平解释，公司的困难是暂时的，只要顶过这一阵子，月产突破两百万，公司就能进入良性循环。

这些道理吴冶平懂，问题是，他手上确实是一分钱没有了，林中把嘴巴说破也没用。

林中似乎不相信，深圳一家大型企业集团的高管，少说也有几千万，怎么才投资几百万，就"哭穷"了呢？

林中以为是吴冶平不信任他,提出拿中荣厂做担保,还说他现在的中荣厂每月有二三十万的利润,支付借款利息没问题,等等。

吴冶平不得不自曝家丑,向林中解释,不错,按照常规,作为深皇集团的董事局主席助理兼办公室主任,是该有几千万,可是,他没有。他能担任集团高管,纯粹是因为机会好。他来深圳早,当时大学文凭还很稀罕,所以才混进深皇、混上高管的。但他不是潮汕人,不是老板的同乡,更不是老板的心腹,所以,没机会发财,如果硬"创造"机会发财,就不安全,这就需要胆量,而他恰恰是没有胆量的人,或者说,是不敢担当的人。

"我要是敢担当,"吴冶平说,"还能等到今天啊?早就自己当老板了。"

"这样啊。"林中似乎信了一些,但将信将疑。

"是这样,"吴冶平说,"我没必要骗你。性格决定命运,我要是像你这样敢于担当、敢于冒险,早就自己干了。"

吴冶平还想说,在深圳要想发财,一靠机会,二靠胆量,只有老板或领导真正的心腹和亲信才有足够的机会和胆量。所以,在深皇集团,确实有不少职位比他低的人发财了,这些人表面上职位甚至比他低,其实是老板的同乡或亲戚,他们才是老板的真正心腹,而他不是。不过,这些话他没对林中说。吴冶平不是鲁迅笔下的祥林嫂,他不想说废话,更不想说诉苦的话,尤其是在自己的"小弟"林中面前,吴冶平更是不想诉苦当祥林嫂。

吴冶平建议林中去找卓总。因为,卓总持有嘉顺科技的股票,已经过了解禁期,价值上千万。

林中摇头说,难。

吴冶平问:"为什么?"

林中似乎不想说,有苦难言,但最后还是告诉吴冶平,他与卓总之间最近闹得不愉快。

"不愉快?"吴冶平不解,"是因为借钱的事吗?"

林中说不是。

"那是为什么?"吴冶平问。

林中叹了一口气,然后才对吴冶平说,为了卓天一。

卓天一是卓总的儿子,在德邦科技公司做副总,吴冶平见过,感觉人还不错,起码对他还算尊重。但这时候林中却说,吴冶平看到的是表面,其实卓天一很离谱。

吴冶平问怎么离谱?

林中具体说了三件事。第一件,卓天一执意为他自己聘了女秘书,林中说,眼下公司很艰难,林中自己都没秘书,他卓天一作为副总怎么配女秘书?所以林中很生气。第二件,买空调,价格竟然高出市场百分之六十,太离谱了。第三件事情更出格,一次林中出差回来,发现关键岗位上只剩下两名工人,几乎停产,林中发火,质问卓天一,他却说:谁让你不给我人事权的?!

吴冶平决定去工厂看看。

吴冶平很少去工厂,不是懒,是想"无为而治"。他觉得,既然工厂交给林中了,就该相信林中,他去多了,会干扰林中的正常发挥,甚至影响林中的威信和积极性,但是,既然老总和副总之间闹矛盾,他作为董事长就不得不出面了。

吴冶平到工厂后,先把整个生产线迅速看了一遍,然后分别找林中、卓天一和胡工单独了解情况。这是他做高管的经验。当初在集团公司担任高管的时候，去下属公司处理矛盾，首先就是分别叫他们单独谈话，一是兼听则明，二是制造紧张气氛，让他们谁也不敢糊弄。今天吴冶平到自己投资的工厂解决矛盾，不知不觉也沿用了当初的做法。

谈话结束，几方面情况一凑，证实林中反映的情况基本属实。特别是卓天一的女秘书，还给吴冶平倒水了，穿超短裙，完全不像创业阶段的工厂文员，倒像是娱乐场所的小姐。

吴冶平召集大家开会。他很生气，但他给卓天一留面子，更主要是看在他父亲卓总的面子上。吴冶平没有对卓天一说女秘书和空调的事情，只强调林中出差期间关键岗位只剩两名工人的事情，他觉得这样说可以对事不对人。

卓天一辩称："工厂留不住人，我有什么办法？"

吴冶平说："可以再招啊。"

卓天一说："再招就要提工资，但工资是林总定的，我没权调整，所以招不进来人。"

吴冶平说："你可以打电话请示林总啊。"

说到这里，吴冶平转脸问林中："你出差期间手机关了吗？"

"怎么可能？"林中说，"我手机二十四小时开着。"

吴冶平看出来了，卓天一虽然是副总，但他认为自己的父亲是真金白银出了钱的，而林中并没有投钱，相当于职业经理，所以他并不买林中的账。看来，这个恶人只能吴冶平自己当了，要不然，林中的威信树不起来，公司没法做。

当着林中和胡工的面，吴冶平狠狠批评了卓天一。因为比较气愤，所以，不仅在关键岗位用工短缺的问题上批评了他，还翻出了空调和女秘书的事情。关于空调的事情，吴冶平说，假如不是你吃回扣，那就是你愚蠢！关于女秘书，吴冶平说，总经理都不配秘书，你副总凭什么配秘书？批评得卓天一满脸通红。

当天晚上，吴冶平收到卓总的一条手机短信：请自重，不要对我儿子指手画脚！

吴冶平被气傻了，看着手机苦笑半天，把短信转给林中。

吴冶平和卓总是同代人，卓总甚至还比吴冶平大三岁，所以，吴冶平一直以为他和卓总具有共同或至少相近的价值观及为人处世原则。吴冶平换位思考，如果是他，遇到这样的事情，即便偏袒自己的儿子，也应该打电话向对方了解一下情况。假如确实认为对方做过火了，最多就是讽刺两句，说"谢谢你帮我管教儿子"，或者说"什么事啊，我儿子惹您生那么大的气呀"，再不然干脆什么都不说，假装不知道。吴冶平无论如何也想象不出卓总能发这么一条非常失礼的短信给他。难道是卓天一冒充他父亲发的？

林中打电话过来，说他看了转发的短信非常生气。

吴冶平则反过来安慰林中说，可能是卓天一冒充卓总发的，并建议林中给卓总打个电话，证实一下。

不大一会儿，林中的电话又打过来，说问了。

"怎么说？"吴冶平问。

林中先表示了一下义愤，然后复述卓总的话："我好歹也是个千万富翁，就这么一个儿子，我投资德邦的唯一目的就是为了我儿子卓天一。他配女秘书怎么了？不服气你也可以配嘛。"

吴冶平反而不生气了。之前生气，是他把卓总看作自己的同类，是按照同类的标准要求卓总，所以才生气，现在发现不在同一层次上，那这件事就不值得生气了。

吴冶平对林中说："既然如此，就依他。任卓天一配女秘书，任他做任何事情，实在不行，我把董事长的位置让给他。或者，我把董事长位置让给你，你把总经理的位置让给他。只要他爸爸能卖出部分股票，让德邦渡过难关，我什么条件都答应。"

林中没说话，不知道是不同意吴冶平这么做，还是因为生气，说不出话。

吴冶平不是说气话。他已经看出来了，自己是不是当这个董事长无所谓，关键是企业能渡过难关，假如公司迈不过这个坎，倒闭了，他要这个董事长的头衔有什么用？

吴冶平把自己的真实想法对林中说了，他还开导林中，说卓总的想法也不能算错，他投资德邦公司的目的可能真是为了儿子卓天一，只要他能卖掉股票救活公司，他实际出的钱就比我多，让他当董事长或者让他儿子当总经理也不是没道理。

吴冶平最后问林中："要不然，你说怎么办？"

林中也想不出更好的办法，说："好吧，我去争取一下。"

"不是'争取一下'，是要尽最大努力说服卓总。"吴冶平说。

林中说好。

吴冶平补充说，关于职位的事情，可以先承诺，等资金到账之后再兑现。

林中说那当然。

2.3

林中的特点是能接单，说明他很会与客户打交道，要不然，也不会和吴冶平成为"兄弟"，并最终说服吴冶平卖了房子来投资。变了一张脸之后，林中重新把卓总当作客户对待，二人的关系很快就融洽了。仅仅两天，他就打电话向吴冶平报喜：卓总答应卖掉嘉顺科技的部分股票了！不是筹措一百万，而是打算一次性筹措三百万，彻底解决德邦科技公司的资金问题。

吴冶平相当高兴，从心里觉得倘若如此，自己让出董事长的位置，只做一名单纯的股东，也理所应当，心甘情愿。

吴冶平问林中："关于职位的事情，你说了吗？"

"说了，"林中回答，"不说他怎么这么爽快地答应。"

"具体怎么说的？"吴冶平又问，"是说让他当董事长，还是让他儿子当总经理？"

吴冶平这样问，不是出于好奇，而是担心林中自作聪明，对他的话打折扣。

果然，林中说："两个条件都说了。资金到位之后，要么，卓总担任董事长，要么，卓天一担任总经理。不过……"

"不过什么？"吴冶平问。

"不过，"林中说，"如果卓总担任董事长，卓天一就不能在公司担任副总。要不然，卓总当董事长，他儿子当副总，我夹在中间，变成专门接单的'总经理'了，我等于是为他们父子打工。"

吴冶平没说话。林中讲的不是没有道理，但是，换位思考，卓总出了这么多钱，他儿子凭什么给你林中打工？毕竟，你林中一分钱没出啊。

不过，这样的话吴冶平只能心里想想，并不能说。一个短信，他与卓总已经不好意思见面了，如果再把林中得罪，股东之间就四分五裂了。

但他心里担心卓总会变卦，提醒林中要忍气吞声，不能因小失大。

耐心等待了几天，在林中的一再催问下，卓总终于给出最终答复：股票卖不成了，因为董事长不批，说他前段时间刚刚"减持"了公司的股票，现在如果再"减持"，就会动摇外界对公司管理层的信心。

卓总所说的或许是实情，但吴冶平宁愿相信是林中自作聪明打折扣的条件起了作用。吴冶平不好明说，他暗示林中，说卓总已经讲得很清楚，他投资德邦的唯一目的就是为了他儿子卓天一，你说让他当董事长，他儿子就必须离开德邦，这样的条件他当然不会接受。

林中却说，不是他自己一定要当这个总经理，而是他实在不放心卓天一，公司这么困难，他却坚持配女秘书、吃回扣，不惜以影响工厂生产相要挟争权等等，这样的人，公司交给他，你能放心吗？

确实不放心。在林中和卓天一之间，吴冶平当然更相信林中。但是，不满足卓总的条件，资金问题怎么解决？德邦公司怎么迈过这道坎？

林中反过来暗示吴冶平，说他自己当初很傻，要是在深圳买一套房，现在拿出来抵押，该多好啊！

吴冶平假装没听懂，他提议双方再想办法借钱，找亲戚朋友借钱，能借多少是多少，还说再顶过一个月，多少就有些回款了，顶一天是一天，等等。

吴冶平以身作则，自己开始借钱，向亲戚朋友和老同学借钱。不过，他心里清楚，凭自己的实力和人际关系，找别人借几万块钱不成问题，借几十万勉为其难，但要借几百万，不可能。

第一个借钱给吴冶平的居然是自己的老母亲。母亲九十岁了，靠养老金生活，听说儿子要借钱，二话没说就拿出十万，说这些钱都是这些年吴冶平孝敬她的零花钱，她没舍得用，一直存在那里，打算等死后再还给吴冶平，现在既然儿子急需用钱，干脆提前给了。搞得吴冶平心里不是滋味，想哭。

最让吴冶平没想到的是他的大学同学，在他们那里，吴冶平居然一分钱没借到。有几个曾经来深圳接受过吴冶平款待的同学抹不开面子，答应借几千，因为数额太少，干脆被吴冶平拒绝了。

唯一有能力借给他钱并且也愿意借钱给他的是小学同学华良俊，但他上个月已经借给吴冶平三十万了，再借，吴冶平开不了口。可华良俊不知从哪里知道吴冶平到处借钱的消息，还是主动提供了二十万。

林中那边也很努力，回老家山东找高中同学东拼西凑了三十多万。

工厂又风雨飘摇地挨过了一个月。

这期间，可能是林中带了情绪，他与卓总父子的关系不但没有改善，反而更加恶化。卓总不但不再借钱给林中，相反，还催要之前的借款。

吴冶平给林中打气，说钱肯定不能还，大不了打官司。林中说话更狠，说要钱没有，要命有一条！

股东之间闹到这个地步，是吴冶平没想到的。说实话，他已经非常后悔投资德邦，但事已至此，后悔没用，只能硬着头皮往前冲。

在林中的一再暗示下，吴冶平终于做出决定。他打电话叫林中来深圳，这次不是在茶餐厅，而是在他家。

吴冶平带着林中一间屋子一间屋子参观，连阳台和厨房、卫生间都没放过。他对林中说，你看，累了一辈子，我就剩下这块栖身之地，现在我把它抵押出去。

林中诚惶诚恐，说："谢谢，谢谢！谢谢大哥！我保证不辜负大哥的希望，确保大哥的资金安全。"

吴冶平停下脚步，转过身，正对着林中，盯着他的眼睛，一字一句非常严肃地说："你可要想清楚，这是我最后的保障，万一出了事，我也就不想活了，你还年轻，拼上我这条老命不合算。"

当时，吴冶平的小学同学华良俊也"恰巧"在他家里。华良俊虽然是吴冶平的同学，但远没有吴冶平斯文，相反，看上去倒有黑社会老大的形象，神态也像。林中进来的时候，吴冶平给他们做了简单的介绍，林中一如既往，热情激荡，伸出双手，华良俊却相当冷静，一副不待见的样子，仿佛林中是来抢他饭碗的。这时候，吴冶平在这样对林中发出警示预告的时候，华良俊冷酷地坐在沙发上看看他们，一言不发。

林中的脊背凉了一下，镇定了几秒钟，随后坚定而有力地对吴冶平说:"大哥放心,我拿中荣实业的全部资产做抵押,万一出现什么闪失,我承担无限责任,下半辈子只要我有干的吃,就绝对不会让大哥吃稀的。"

吴冶平把手放在林中的肩膀上,使劲摁了摁,说:"你知道我为什么没有自己当老板吗?"

林中张着嘴,想回答,却不敢确定该怎么回答。

吴冶平自己回答说:"是因为我缺少像你这样自己当老板的勇气与胆量。"

房屋抵押需要一段时间。这期间,林中又报告吴冶平一个消息:卓总自己开厂了。

"这怎么可能?"吴冶平问,"协议上面有规定的,股东不能再投资同类的公司。"

"不是'同类',"林中说,"是后道。"

"后道?"吴冶平问,"那不是和你的中荣同类?"

"是的。"林中说,"但只要不和德邦同类,他就不违反协议啊。"

"那倒是,"吴冶平说,"可卓天一那小子,是当老板的料吗?"

吴冶平很想打个电话对卓总说说,当老板,除了胆量、资金、机会之外,还有另一个关键的要素,就是看他本人是不是有足够的事业心。林中的毛病虽然很多,喜欢算计和耍小聪明等,但他至少还是一个能以事业为重的年轻人。但卓总的儿子卓天一不是,凭吴冶平在职场上多年的经验,他判断卓天一不是当老板的料,卓总把一辈子全部的积蓄花在为儿子投资办厂上面,不如把钱存在银行里,拿利息让卓天一花天酒地。

但是,一想到卓总那条"请自重"的短信,吴冶平就提醒自己确实应该自重,不要多管闲事。

林中又向吴冶平爆料,说卓天一已经从德邦辞职,去他父亲投资的工厂出任董事长了。

"那好啊。"吴冶平说。

"好个屁！"林中说，"刚从老子这里辞职，昨天就回来示威了。"

"怎么示威了？"吴冶平问。

"开了一辆新车回来，上面坐着三个女秘书。"林中气愤地说。

"哈哈哈哈哈……"吴冶平实在忍不住大笑，说，"开张的时候，我们去祝贺一下，毕竟，大家都是德邦的股东嘛。"

2.4

很长时间,林中没再向吴冶平"汇报工作"了,吴冶平感到一丝失落。他仿佛明白过来,以前所谓的"汇报",其实是林中有事求他,如今自己的房子该卖的卖了,该抵押的抵押了,他已经被榨干了,工厂的资金问题也解决了,卓天一也走了,林中没有任何事情再求他了,所以也就没必要"汇报"了。

有几次,吴冶平差点忍不住,想主动给林中打电话,听听他的"汇报"。听"汇报"似乎已经成为吴冶平的一种生活需要,听不到,生活就少了什么。吴冶平甚至怀疑,自己卖掉房子、抵押住宅支持林中的事业,原因之一是想经常听"汇报"。不过,他还是忍住了,带着一种赌气或较劲的情绪，想着我倒要看看，你林中什么时候再向我"汇报工作"。

公司状况正常，听外甥女说，回款陆续到账，德邦公司已经走出资金瓶颈，实现正常发展，只是还没有兑现分红。

这个吴冶平也能理解。德邦公司虽然开始盈利，但头几个月的亏空需要弥补。再说，林中个人也借了大量的流动资金，每月承担那么多利息，即便他通过某些手段，将部分盈利用于偿还个人的借贷，吴冶平也能理解。毕竟，吴冶平不缺钱，每月在林瑞公司的固定分红和借贷利息让他感觉自己像富翁。吴冶平甚至想象，即便德邦永远不分红，只要林中每月按时支付利息和林瑞公司的固定分红，他也能接受。

吴冶平渐渐适应了没有"汇报"的生活，想着你林中不"汇报工作"也罢，只要钱不少我的就行。

然而，这种平衡并没有维持多久。这天半夜，吴冶平忽然接到一个女人的电话，说林中出事了。

"你是谁？"吴冶平问。

"我是傅雅琴啊。"对方说。

"傅雅琴？"吴冶平不记得自己认识哪位女士叫傅雅琴。

"我是林中的老婆啊，"对方说，"上次喝孩子满月酒见过。"

"噢、噢，你是阿琴啊，"吴冶平终于对上号，"你好你好。你刚才说什么？林中出事了？出什么事了？"

"公安局下午请他去协助调查，到现在还没回来，我去问，才知道他被人诬告了。"

"被谁诬告了？罪名是什么？"吴冶平问。

"卓总，罪名是经济诈骗。"傅雅琴说着，就哭出声来。

"别急，我这就过来，马上过来。"

如果不是为了林中，吴冶平可能一辈子都不会主动联系卓总。但解铃还须系铃人，为了林中，或者说是为了公司，当然最终也是为了吴冶平自己，吴冶平不得不放下身段硬着头皮给卓总打电话。

为了避嫌，吴冶平的电话是当着傅雅琴的面打的，并且使用免提功能，为的是让傅雅琴听清楚他与卓总的对话。

本以为卓总会不接他的电话，或者接了之后态度非常傲慢，没想到卓总还蛮客气，仿佛他们之间根本没有发生任何不愉快的事情。

吴冶平问："林中的事情是怎么回事？是怎么惹您卓总生气了？"问话的口气，仿佛林中是他的儿子。

卓总说："不是惹我生气了，是他惹了我们两个。"

"哦？"吴冶平不解。

"就说中荣厂吧，"卓总说，"他是不是抵押给了你？"

"是啊。"吴冶平说。

"但他也抵押给了我！"卓总说。

这个吴冶平真不知道。他看了一眼旁边的傅雅琴，没说话，但他相信卓总不会瞎说。林中找吴冶平借了钱，同样，也找卓总借了钱，具体数额不清楚，估计不会少。既然林中向吴冶平借钱的时候拿工厂做了抵押，他向卓总借钱的时候估计也做了抵押，而除了中荣厂，林中还能有什么资产可供抵押呢？

吴冶平忽然明白当初林中办中荣厂的时候为什么背着他了，大概只有这样，方可保证中荣厂的"纯洁性"，只有中荣厂是林中的独资企业，在他需要的时候，才可以随意处置，比如重复抵押。那么，吴冶平又想，如果林中私下把中荣厂卖掉了呢？是不是意味着我们失去抵押标的物了？如果是那样，他真是诈骗啊！

当着傅雅琴的面,这些话吴冶平只能想,不能说。这时,卓总说:"重复抵押,算不算诈骗?"

吴冶平不是律师,不敢肯定这种没有经过公证和产权交易中心备案的私人协议式重复抵押算不算诈骗,但凭感觉,只要证据确凿,好像诈骗罪名就能成立,因为,法律以事实为根据,事实上,林中确实进行了重复抵押。

吴冶平再次看看傅雅琴,对着手机问卓总:"你怎么知道他的中荣厂抵押给我了?"

"这还用问嘛,"卓总说,"他从你那里借那么多钱,不抵押怎么行?除了中荣,他还有什么资产能做抵押?"

吴冶平清楚了,关于林中把中荣厂抵押给他的事情,卓总只是推断或猜测,并无证据,只要自己不提供证据,不承认抵押的事情,林中就不构成重复抵押。

"还有其他什么事情吗?"吴冶平问。

"多着呢!"卓总说。

按照卓总的说法,林中办中荣厂完全是空手套白狼。所谓"表哥"借给他的五十万,其实也是向卓总借的,方式与对付吴冶平的几乎如出一辙,一步步把卓总套进来。卓总感觉自己被骗了,受到侮辱了。卓总在电话中大骂林中是骗子,忘恩负义,过河拆桥,当初说好了让卓天一当总经理,后来只安排做副总,还没有人事权和财务权,实际上只相当于后勤主任,等等。

吴冶平相信卓总说的话大多数是真的,感悟同一件事情,从不同的人嘴里面说出来,居然能得到两个截然相反的结论。他提议和卓总见一面,很多事情当面才能说清楚。卓总同意了。

放下电话，吴冶平对傅雅琴说："你都听见了，问题不大。你赶快找律师，咬住是经济纠纷，不承认诈骗，就能通过调解解决。"

傅雅琴茫然地看着吴冶平。看来，林中所做的许多事情她也不知道。

"放心，"吴冶平说，"只要我不交出中荣厂的抵押协议，没有证据，林中就不构成'重复抵押'。你想办法告诉林中，他自己千万不要承认抵押给我，就没事。"

傅雅琴好像听明白了，使劲点点头，忙着去找律师了。

吴冶平约卓总单独见面的时候，特意做了录音。

卓总表达了诸多对林中的不满，主要是他觉得自己被林中骗了，当初林中白手起家办公司的时候，卓总作为大客户，给了林中许多支持，现在林中刚刚有点起色，就翻脸不认人了。卓天一经营不善，公司缺少资金，卓总向林中要钱，他不给，还说出"要钱没有要命有一条"的狠话来。

"不把人气急了，我能告他诈骗吗？！"卓总说。

说实话，吴冶平也有同感，觉得林中最大的问题是年轻，不懂事，用人朝前不用人朝后，当初公司揭不开锅的时候，一天几个电话"汇报工作"，现在公司刚有起色，就一个"汇报"也没有了。但即便如此，也不能真把林中抓起来坐牢，不然，德邦公司怎么办？借给他的那些钱怎么办？

吴冶平让卓总把该出的气出得差不多了，才慢慢地把这些道理亮出来，说林中的毛病属于成长中的毛病，相信通过这次教训，能慢慢纠正和克服。

卓总不说话，低头抽烟。

吴冶平为了缓和气氛，把话岔开，问卓天一工厂那边的经营情况怎么样，能不能搞下去，还说如果搞不下去，是不是卓总本人提前退休，亲自坐镇，等等。

卓总摇头，表示对儿子很失望，后悔把资金投在儿子的工厂上。

既然卓总这样说，吴冶平就说了当初他当面批评卓天一的事情，还说到卓总给他发的那条"请自重"的短信。

卓总先说对不起，当时他不冷静，现在回头看看，吴冶平批评卓天一完全是为他好，但话锋一转，说："我当时发这个短信，绝不仅仅是因为你批评我儿子这一件事情。"

"哦？还有什么事情？"吴冶平问。

"多着呢，"卓总说，"都是林中挑唆的。比如关于卓天一职位和权限的事，他说他没意见，完全是你这个当董事长的不同意。"

难怪呢，吴冶平想，冰冻三尺非一日之寒，卓总也不会因为我批评他儿子几句就发那条短信。

"也好，"吴冶平说，"给林中这小子教训一下也好。但教训一下就可以了，不能搞得不可收拾。"

吴冶平希望卓总主动放林中一马。

卓总没有立刻答应。

吴冶平说他相信通过这次教训，林中会收敛一些。

"你放心吧，"吴冶平说，"我们手上捏着他'重复抵押'的证据，他如果再不收敛，我们随时能找他麻烦。"

卓总听到这里，脸上的表情才有所松动。

"但这次不行，"吴冶平又说，"这次我不会向警察提供'重复抵押'的证据，希望你理解。"

吴冶平又让傅雅琴去找卓总，当面求他，给足卓老先生面子。

既然卓总有本事把林中送进去，就一定能有本事再把林中弄出来。

再说，只要吴冶平不提供证据，"重复抵押"罪名就不成立，林中反过来说卓总诬告也说不定，所以，吴冶平相信林中很快就能出来。

这几天，吴冶平亲自在厂子里盯着。厂子不大，才几十号人，大约是他当年在港资厂担任生产主管时所管人数的十分之一吧。本以为非常轻松，没想到管理起来相当费劲，主要是基本面发生了变化。当初，农民进城找一份工作不容易，所以很珍惜，工作兢兢业业，生怕出差错被"炒鱿鱼"。如今，工厂多了，农民工的数量却反而减少了，因为农村的独生子女多了，"90后"打工者不仅娇生惯养，且维权意识很强。对社会来说，或许是进步，但对工厂主来说，肯定是麻烦。吴冶平忽然有些同情林中了，觉得他一个小伙子管理这么多工人，还要抓市场，并且与各位股东周旋也确实不容易，偶尔在礼节上有所疏忽或耍些小滑头也可以理解。

吴冶平不敢怠慢，尽心竭力，好歹让工厂平稳运作，只是业务往来被耽误了一些。吴冶平对客户说林中有私事需要处理，过几天就回来，等等。

让吴冶平略微感到不正常的是胡工。胡工的表现不像股东，倒像个纯粹打工的。另外，他对林中被抓起来一事丝毫不感到着急，相反，还有些幸灾乐祸的样子。

吴冶平请胡工喝酒。

虽然同为德邦的股东，但吴冶平与胡工从来没有私下交往过，这是第一次。

喝着聊着，胡工道出了自己的苦楚。林中虽然给了他德邦公司十个点的股份，但这个股份是有条件的，在吴冶平和卓总的实际投资收回之前，胡工的股份不参与分红。

这与吴冶平当初的设想不一致。吴冶平主张给胡工股份，是想把胡工变成与吴冶平和卓总一样真正的股东，而林中背着吴冶平这样做，看似聪明，其实达不到预期效果，反而因小失大。吴冶平这才反应过来，难怪林中当初不把他与胡工之间的协议给他看呢。

吴冶平很纠结。一方面，他希望林中被多关一段时间，让他好好反省反省；另一方面，公司确实离不开林中，而且，吴冶平也不希望自己长期顶在第一线。这几天管理工厂，已经让他很吃力，他更担心时间长了，矛盾会集中到他这里来。从这个角度思考，吴冶平更希望林中立刻回到工厂。

吴冶平请卓总来厂里看看，说卓总也是公司的大股东，不能因为与林中个人有些不愉快，就对自己的工厂不管不问。

卓总看着厂里热火朝天的样子，立刻想到儿子的工厂，忧心忡忡。

吴冶平建议，不如将卓天一的工厂合并到德邦公司来，折算成德邦的股份，这样，卓总就成了德邦的第一大股东了，名正言顺地出任德邦公司的董事长。

卓总看着吴冶平，似乎不敢相信自己的耳朵。当吴冶平把自己的意思再清楚地表达一遍之后，卓总提出两个问题：第一，他当董事长，你吴冶平的位置怎么安排？第二，他的工厂合并到德邦之后，他儿子卓天一怎么安排？

吴冶平在回答这两个问题的时候，顺序倒了过来。他相信，卓总最关心的其实是他儿子卓天一。

吴冶平说："卓天一本质不坏，人也聪明，不能用我们这代人的行为标准去要求他们。既然卓天一喜欢'腐败'，我觉得调他去做业务和维持客户关系比较合适。假如林中不同意卓天一当副总，可以安排他做林中的助理，让林中带带他。等到将来顺了，您自己把董事长的位置让给卓天一就是。老子让位给自己的儿子，属于家务事，天经地义，谁也干涉不了。"

"那么你呢？"卓总问。

"我是股东啊，"吴冶平说，"我就想做一个单纯的股东。"

卓总想了想，认真地说："要不然这样，我和你轮流做董事长。"

"真的不需要，"吴冶平说，"我只想做一名股东。不操心，能分红，还可以与公司同步成长，不好吗？"

"再议，"卓总说，"再议。还是等林中回来一起商量吧。"

吴冶平说行，并说关于林中出来的事情，还望卓总多费心，如果涉及费用，公司承担。

2.5

林中出来了。

并没有兴高采烈,也没有对吴冶平表达深切的感谢,只淡淡说了声"谢谢"。

这样好,淡淡的好。吴冶平不习惯他太热情,忽冷忽热的。

关于卓天一工厂并入德邦的事情,是吴冶平抛给卓总释放林中的诱饵,现在既然林中出来了,吴冶平兑现承诺,对林中说了此事。林中回答:"太乱,等我冷静一段时间再说吧。"后来听说卓总也亲自给林中打过电话,林中的回答依然是冷静一段时间再说。

可是,卓天一的工厂等不起啊!天天赔钱,谁能受得了?

又过了一段时间,感觉"冷静"得差不多了,吴冶平再次过问此事,却意外地获悉事情已经解决,并且是彻底解决了。过程是:首先林中不知从哪里又筹到一大笔资金,把卓总的借款还了,收回抵押协议,彻底解除"重复抵押"之隐患;然后,以三折的价格购买了卓天一工厂的全部设备,使中荣公司由一条生产线扩充为三条生产线。因为没有将卓天一的工厂并入德邦,只是单纯地购买这些设备,因此卓总在德邦的股份并没有增加,自然无法出任董事长,且他儿子卓天一也没有被"收购"过来,由于只是购买了他工厂的旧设备,他当然没有理由担任林中的助理。因为购买旧设备扩充生产线的主体是中荣公司,与德邦无关,考虑到吴冶平在中荣公司并没有股份,所以林中没有义务告知吴冶平,吴冶平事先并不知道这些运作。吴冶平是从胡工那里获悉这些消息的。胡工给吴冶平发短信,告诉吴冶平他已经离开德邦公司了,吴冶平把电话打回去,聊了聊,就聊出了这些情况。吴冶平有些同情卓总,可怜天下父母心啊,又安慰了胡工一番,忽然有些惆怅,但他不得不佩服林中的迅速成长,并微微有点警觉,林中在"收拾"完卓氏父子和胡工之后,下一步会不会"收拾"他吴冶平呢?如果"收拾"他,他该怎么应对呢?

吴冶平主动约见林中,地点还是他家附近那家香港人开的茶餐厅。吴冶平想尽量做到一切如旧,一切如常。

寒暄的过程就不说了,实质性问题谈了两个。

第一,吴冶平当面退还"抵押协议",说既然大家是这么好的朋友,就不用抵押了,免得为人所用,生出意外。

第二,吴冶平主动要求辞去德邦公司法人代表、董事长之职,建议公司法人代表、董事长、总经理均由林中担任。

条件是,林中必须保证每月给吴冶平的分红和利息总数不低于他实际出资额的百分之二。年终,根据公司经营的实际状况,再酌情给一些奖金。如果经营不好,拿不出奖金,他也不计较。但吴冶平知道林中是个要面子的人,不可能承认自己"经营不好",所以,吴冶平相信年终奖多少有点。

行了,维持这样就不错了。吴冶平提醒自己,不要太贪。

其实还是相当于借款,利率百分之二,只不过林中拿林瑞公司和德邦公司的部分股权做抵押。一切又恢复到他们最初合作的样子。

恢复老样子好,吴冶平想,省得麻烦。

吴冶平这么做当然是自愿的,没有谁逼他,但也是出于无奈的,不这么做,还有什么更好的法子吗?卓总就是前车之鉴。实践证明,与其做无谓的抵抗,不如趁早投降。这是事关他个人资产安全和合理回报的问题,不涉及国家主权与尊严,因此,怎么对他自己有利就怎么做,或者说,怎样对他伤害最小就怎么做,不用考虑所谓的"气节"因素。在没有撕破脸之前,主动投降,说不定还能保全自己的颜面和争取更大的利益。

比如"抵押协议",不要说当初没有经过公证和鉴证,是不是有效还很难说,就算有效,也有个时效问题。抵押协议通常是两年有效期,现在已经过了一年多,在剩下的大半年里,除非吴冶平提起诉讼,或者要求续签,否则就自动失效。吴冶平打算起诉林中吗?到目前为止,林中并没有违约,吴冶平凭什么起诉他?发神经了?他好意思要求林中续签吗?林中根本不用反对,只要轻轻地一拖,就拖过时效期限了。到时候,不但续签不成,还把林中得罪了。吴冶平现在敢得罪林中吗?所以,主动退还"抵押协议",卖个人情给林中,是吴冶平所能采取的最合理、最明智、最稳妥的做法。

再说所谓的法人代表和董事长之职，林中多聪明啊，据胡工在电话里说，林中早把自己整成"执行董事"了。虽然他既不是法人代表也不是董事长，"执行董事"却可以"代表"董事会来"执行"股东会的相关事宜，不是一样吗？倒是吴冶平自己，空顶一个董事长和"法人代表"的高帽子，公司不出事，没他什么事，一旦公司惹出什么麻烦来，吴冶平除了当林中的替罪羊，还能有什么用途？所以，主动让出董事长和法人代表，几乎是吴冶平最佳和唯一正确的选择。

吴冶平的这些考虑当然不会对林中说，至于林中自己能想到，那是他的事。生活的经验告诉吴冶平，凡是对自己不利的事，不说总比说出来好，所谓的"坦白从宽"是彻头彻尾骗人的鬼话，只有实在抵赖不过了，才不得不"坦白"，能抵赖就该尽量抵赖，即使不抵赖，装糊涂也好过"主动坦白"。因此，吴冶平在对林中说这番话的时候，态度显得非常诚恳。他说通过前段时间实际管理工厂，发觉自己确实老了，明显感觉力不从心，今后的德邦，就全指望老弟了，他自己只想安享晚年，做一名单纯的股东足矣。

对吴冶平的建议，林中并没有表现出惊喜和意外，仿佛这一切都是他意料之中或掌控之中的事情。林中一面殷勤地为吴冶平续茶，一面平静地说，我听大哥的，大哥说怎么做，我就怎么做。

话还是以前说的话，动作也是之前的动作，但吴冶平明显感觉到，态度已经不是之前的态度了。

差别在哪里呢？吴冶平想，难道是我多心了？

不是。吴冶平已经到了宠辱不惊的年龄，不是那么容易"多心"的。

确实是林中的态度发生了变化，尽管他极力掩饰这种变化。

是什么变化呢？

吴冶平终于想起来了。林中之前的态度是诚惶诚恐、受宠若惊，脸上写着兴奋，今天还是这样的动作这样的话，态度却是宽容为怀、雍容大度，脸上写着淡定、平静。前者是仰视的态度，后者是俯视的态度；前者是下对上，后者是上对下。位置颠倒了，所以给吴冶平的感觉就颠覆了。

吴冶平心中一阵悲凉，像一位刚刚退位的老领导，因为某一件事，不得不去恳求昔日自己亲手提拔的现任领导通融一般。

他及时用"有利法"舒缓自己，想着天下没有免费的午餐，甘蔗没有两头甜，自己要抓主要矛盾，只要大的方面对自己"有利"，其他方面损失一点无所谓。再说，位置颠倒是事实啊，退位的领导已经不是真正的"领导"，遇到事情，当然要"求"现任的领导。既然是"求"，还能不摆出低姿态吗？现在位置刚刚颠倒，对方的态度只是微妙的变化，还没有摆在脸上，没有发展成傲慢和打官腔，老领导有什么要求赶快提，争取更大的利益和保障才是关键，不能计较对方的态度。

但是。

吴冶平及时提醒自己"但是"，也不用表现过分，千万不要唯唯诺诺、卑躬屈膝，否则不仅失去尊严，说不定还适得其反。

吴冶平在主动交出"抵押协议"的时候，并没有双手递给林中，甚至也没有单手递。双手有失尊严，单手显得傲慢，吴冶平选择把"抵押协议"放在自己面前的茶桌上，然后轻轻推向林中那边。但吴冶平推得不是很多，大约推到一半，也就是介于吴冶平和林中中间的位置，他不推了，如果林中想要取，就不得不向吴冶平欠身。

林中并没有立刻欠身，磨蹭了一会儿。但他总是要欠身的，因为吴冶平向他提出了条件，或者说开出了价码，林中作为生意人，总要看看吴冶平给他的货是真是假，总要看清楚茶几上摆着的到底是不是"抵押协议"，才能决定是否答应对方的要求吧。

正当林中欠身之时，吴冶平说："林总，既然如此，干脆把中荣公司装到德邦公司或林瑞公司里面来吧。"

这是吴冶平第一次喊林中"林总"。最初吴冶平是林中客户的时候，他喊林中"小林"；吴冶平退下来之后，俩人变成合作关系，渐渐改称"林中"；今天，他突然称呼林中"林总"，猛一听差别不大，含义却大不相同。

吴冶平想起"坐、请坐、请上坐"和"茶、敬茶、敬香茶"的典故，觉察到自己其实也是一个俗人，势利得很。但他选择今天突然改口称林中为"林总"，主要不是为了取悦对方，而是提醒林中自重。

吴冶平想到林中可能拒绝，甚至想到林中可能翻脸，但如果林中这么容易翻脸，那么他随时可能翻脸，与其将来翻脸，不如今天翻脸。今天翻脸，吴冶平手上还多少有些筹码。因为，今天他还是德邦公司的法人代表和董事长，还是林瑞公司的第二大股东和副董事长，还是林中的主要债权人，他还可以通过法律手段向林中讨要几百万借款。如果吴冶平现在这么做，虽不敢说有百分之百的胜算，但起码可以做到鱼死网破。鱼死网破当然是两败俱伤，但对林中的伤害更大。

当然，吴冶平并没有真的想要和林中鱼死网破，他相信林中更不会。

林中听吴冶平这么说，没有立刻表态，而是在看那份当初由他亲手起草的"抵押协议"，看得很认真，仿佛他不打算收回这份协议，而只是对文本做进一步修改。

吴冶平并没有催他。吴冶平在喝茶，非常认真地喝茶。他不急，他现在是标准的闲人，闲人和忙人耗时间，他能耗得起。

林中终于把那份已经作废的"抵押协议"研究完了，抬起头，问："有这个必要吗？"

"对你当然无所谓，"吴冶平说，"反正三家公司都是你当家，对我就不一样了。做个不恰当的比喻，假如你把林瑞、德邦公司的资产逐步转移到中荣公司，我不就失去保障了？"

"嗨，大哥瞧您说的，您还不了解我吗？我怎么会干那种事情？"林中这样说着，语气又恢复之前的常态，表现为笑容放大，放大到看上去能让人以为他很兴奋甚至是得意忘形的程度。只有吴冶平能看出，此时的林中既没有兴奋，更没有得意忘形。

吴冶平也笑笑，但笑的幅度不是很大，他说："既然不会，那何必不按我说的做呢？既然肯定不会，那么把中荣公司装到林瑞或德邦里面，对你来说相当于从左口袋转移到右口袋里，没有任何损失，而且集中管理还更节约高效一些，可对我就很重要了。我老了，疑心重，担心自己会小心眼儿，像卓老头那样和你闹不愉快，搞得两败俱伤，就真不值当了。"

话讲到这个份儿上，林中如果再不答应，就等于是翻脸了。林中显然不能翻脸，起码眼下不能翻脸，所以，最后仍然保持着看上去像是有些兴奋甚至得意忘形的笑脸，一如既往地说："行，我听大哥的。大哥说怎么做，就怎么做。"

第 3 章　　　　　Chapter 3

"有钱人"的得失

3.1

  日子在吴治平每月准时收到林中的固定分红中一天天度过。看上去似乎很平静，也很祥和，吴治平已经适应听不到"汇报"却每月按时收到"汇款"的生活。他不怨林中，不但不怨林中，而且从心里感激林中。

  吴治平自我释怀地想，如果不是林中，自己现在的状况是守着几十万的存款和两套住房，与深圳普通的退休干部没什么两样，因为林中，自己摇身一变成了"有钱人"。一月十多万的固定收入，一年的收入超过百万，还不算有钱人吗？吴治平参加一个出国旅行团，在填表的时候，有一栏是个人年收入调查，最低一栏是五万元之下，然后分别是五万以上、十万以上、五十万以上，最高一档是年收入一百万以上，再往上就没有了。由此推论，收入最高的人就是每年超过一百万以上，估计更高收入的，比如年收入超过千万的人，也不会参加旅行团，而是自己搞"私人订制"了，所以，吴冶平就属于最高的那一档。当然，他没敢填最高的一档，吴冶平打一半的隐瞒，勾了"五十万以上"这一档。就这样，也被导游当作"VIP"，一路上对他的态度都比其他人客气许多。如果吴冶平实事求是，不打隐瞒，真实填写自己年收入超过百万，漂亮的女导游会不会对他进一步"热情"呢？

饱暖思淫欲。

吴冶平还不至于这么肤浅，他不会仅仅在"饱暖"层面就"思淫"。但他也不是圣人，不可能到了"VIP"级别还不知道"思淫"。如果那样，他不是有问题了吗？

吴冶平当然没有任何问题。

吴冶平之前是有老婆的，而且老婆还蛮漂亮。当初吴冶平打算下海的时候，老婆反对，说好不容易当上教育局的中层领导，多少人羡慕啊，到下面检查工作，校长恨不得围着你转，这么好的工作，说辞职就辞职，说不要就不要了？太轻狂了吧？

吴冶平的老婆叫周本兰，是县里渡节镇人，地区师专毕业，起初在渡节镇中学当化学老师，后来因为吴冶平的关系才调到县中来。所以，老婆各方面都比吴冶平略逊一筹，之前，家里大事小事都是吴冶平说了算。但那一次不一样，那一次他打算辞职下海必须征得老婆的同意，否则后院不稳，吴冶平去深圳也不得安心。面对周本兰的反对和冷嘲热讽，吴冶平首先想到的是"燕雀安知鸿鹄之志"，心里想，小镇上的人就是小镇上的人，但他没有这样说，他怕伤着老婆，所以他态度比较谦虚，也比较诚恳。吴冶平对周本兰说，我总不能还不如自己的老父亲吧？老父亲没什么文化，当年就知道把一家人从吴家桥折腾到县城来，使我们全家成了吃商品粮的城里人。我吴冶平大学毕业，起码也应该把全家从小县城折腾到大城市吧？要不然，不等于一代不如一代？周本兰原本就是一个开朗的人，听老公这样说，觉得也有道理。她知道自己左右不了老公，再说她自己也向往大城市的生活，加上这么多年来看着吴冶平一步一个脚印步步高升，相信他决定的事情应该不会错的，就不再坚持己见，随他吧。但有言在先，吴冶平去深圳，她暂时不跟了去，不能一家两个人同时丢掉吃皇粮的公职，等吴冶平在深圳稳定了，她再带着孩子过来。

俩人计划得不错，但计划赶不上变化。

正当吴冶平在深皇集团当上高管，准备把老婆孩子接到深圳来的时候，孩子的舅舅突然遭遇车祸身亡。

老婆家就姐弟两个，弟弟刚刚成年就突遭不幸，对老婆娘家是一个致命的打击，用"天都塌下来"来形容一点都不过分。岳母几乎精神失常，岳父从此变得不再说话，在这种情况下，吴冶平能要求老婆带着孩子来深圳吗？

吴冶平算不上一个高尚的人，他也从来没打算让自己"高尚"，但他还算一个有良知的人。吴冶平回去探望岳父岳母，岳母不但不哭，反而对他笑，吴冶平的眼泪当即下来了。他打算舍弃深圳这边的一切，回去与老婆一起共同承担起照顾岳父岳母的责任。但是，回去做什么呢？总得有一个安置他的位置吧？再回到教育局当股长是不可能的，不当股长，只当普通工作人员也不可能，甚至，吴冶平打算回去干老本行——只做一名普通教师都不可能。教育局做不了主，吴冶平直接找到县委组织部，他高中同学在当常务副部长，被人称为"首副"。"首副"给吴冶平的答复是"逢进必考",可吴冶平已经过了年龄,连"考"的资格都没有,更不用说丢了这么多年,连能不能通过考试都难说。家乡没有他的位置,深圳这边的工作就不敢丢,否则吃什么?不得已,吴冶平又匆匆赶回深圳。

临走的头天晚上,夫妻俩抱头痛哭。周本兰可能是哭她弟弟,哭她父母,吴冶平则隐约预料到,他们夫妻估计很难白头到老了。国家的体制是铁打的,夫妻的"体制"却是冰做的,看起来坚硬,其实非常脆弱,是经不起打击的。家乡没有吴冶平的位置,老婆也不可能丢下痛失儿子的父母不管,难道让他们夫妻分居一辈子?

吴冶平是不可能先提出离婚的,周本兰也没有提出。朋友和同事都信奉"劝和不劝分",谁没事鼓动他们离婚?就这样,虽然大家都清楚他们的婚姻很难维持长久,但他们却也一直没有离婚。直到有一次,吴冶平的小学同学华良俊来到深圳,才把话说破。

华良俊不仅是吴冶平的小学同学,也是他中学同学。县城今天看起来不小,当初却没有这么大,整个小县城就只有一所中学,所以,只要是城关镇的同龄人,想不成为同学都不成。这不是关键,关键是华良俊学习成绩一般,头一年没有考取大学,第二年再考,也只考上地区师专,所以,他也是吴冶平老婆周本兰的大学同学。县里有个土政策,师范大学毕业生才可以留在县中教书,地区师专毕业生要想留在县城,则只能去小学,若想当中学老师,则只能下到镇中。华良俊当然想留在县里,但又觉得自己一个大男人当小学老师,像孩子王一样,太丢人,所以最后只好去了一个偏远的小镇中学任教。

镇中与县中区别很大,其中之一是学生的年龄参差不齐。华良俊班上有一对姐弟,姐姐叫王玉凤,弟弟叫王玉龙,仅看名字,还以为是一对龙凤胎，其实姐姐比弟弟大了7岁。王玉凤因为"鹤立鸡群"，所以比较懂事，可惜学习成绩不怎么好，没能担任班干部，但也经常主动帮着老师做点事，比如为华良俊洗衣服，等等。一次华良俊好奇，问她为什么不早点上学，王玉凤说还不是因为父亲重男轻女，要不是沾弟弟的光，估计她连这个学也上不成。王玉凤告诉华良俊，当初家里同意她上学，是带着任务的，这个"任务"就是让她一路照顾弟弟王玉龙，她其实是"陪读"。华良俊听了心里酸酸的，很同情王玉凤的遭遇，就有意无意关照这对姐弟。谁知道一来二去，日久生情，师生关系突破了底线，在华良俊的宿舍里做那种事，被弟弟王玉龙撞见。

事情闹大了。

不管什么原因，老师与学生发生这种事情，一定会受到最严厉的处罚。

吴冶平参与处理此事，他背后把老同学狠狠臭骂了一顿。

"冤枉啊，"华良俊辩解说，"什么'师生关系'啊，搞得好像玩弄幼女道德败坏一样，其实她比我都大一岁。"

学生比老师还大一岁？这种情况确实特殊，起码，不存在"强奸幼女"的前提条件了，但开除是免不了的，因为条例上写得很清楚，这是底线，别说吴冶平当时还不是股长，就是局长，也帮不了华良俊。

华良俊被开除之后沉寂了一段时间，后来还是在吴冶平的谋划下，带着"学生"王玉凤大大方方地去拜访各位老同学。按照吴冶平的计划，这叫给华良俊"平反"。全县差不多每个学校都有华良俊的同学或校友，不是地区师专的同学就是县中的同学，所以，那段时间华良俊带着王玉凤差不多把全县的每个学校都走遍了。

关于华良俊的事情，自然是"坏事传千里"，成了本年度他们县教育系统最大的丑闻，很多人甚至认为对华良俊的处理轻了，对这样的害群之马和道德败坏之人,应该判刑才对。可是,当他们见到华良俊和王玉凤本人之后,态度立刻发生了转变,转而同情起华良俊来了,觉得之前冤枉华良俊了。这哪里是"幼女"啊,王玉凤长得人高马大,完全是一副"大人"的坯子,发育得比农村奶过孩子的妇女都好。再听说王玉凤比华良俊大一岁,而且他们俩现在已经结婚了,更觉得华良俊吃亏了,说当初完全可以做个手脚,让王玉凤立刻退学,并且把"退学"的时间往前做几个月,不就没事了?

吴冶平又帮华良俊"谋划",说扭转印象博得同情不是目的,目的是要把这种同情转化成经济收益,否则,你小两口吃什么?你怎么资助她弟弟王玉龙完成学业?

按照吴冶平的"谋划",华良俊开始专门做学校的生意。从一开始的提供复习资料,到后来的制作校服、配备教育设备,从制作学生营养餐,到为学校购置校车,随着这些年中国教育体制的不断改进,华良俊的生意越做越广,终于把自己做成了本县响当当的老板。

人有钱了,胆子就会变大,至少说话的胆子会变大。鼓动吴冶平和周本兰离婚的话,最终就是由华良俊说出来的。

华良俊经常来深圳,并不是因为他在深圳有生意。华良俊的生意仅限于家乡的本县,用吴冶平的话说,他是标准的"土财主"。但"土财主"每次来深圳,却都与生意有关,每次他都是陪教育系统的领导来考察学习的。家乡虽然是个小县,但非常重视教育,教育界领导不但到全国各地学习考察,而且还经常走向世界,每次经深圳走出国门,华良俊都亲自陪同。他不是想沾公家的光,恰恰相反,他是来做贡献的。这样,他与吴冶平见面的机会就比较多,说知心话的机会也比较多。说着说着,就说到吴冶平和周本兰婚姻的话题上。

这次华良俊说得非常直接，显然，他是有备而来，有备而说。

华良俊请吴冶平发发善心，放周本兰一马。

吴冶平不明白他怎么就不放周本兰一马了。

华良俊说："这个还不清楚嘛，你不可能回去老家，她不可能来深圳，你不主动提出离婚，不是打算让周本兰守一辈子空房？你表面上仗义，其实最不仗义，把自己所谓的虚假'名声'，看得比周本兰的幸福更重要，不是很虚伪吗？"

"毛友贵，你认识吧？我们班长，现在的渡节镇中校长。"

"认识啊，"吴冶平说，"你们班长也就是我老婆的班长，他还在我家吃过饭，怎么不认识？毛友贵怎么了？"

"你知道他为什么一直没结婚吗？"

吴冶平摇摇头。

"你当然不知道。"华良俊说，"但我们班上人人都知道。他是为了周本兰。"

"为了周本兰？"吴冶平不解。

华良俊告诉吴冶平，毛友贵当年在学校的时候就喜欢周本兰，到现在都喜欢，一直喜欢，他们班上同学都知道，本县教育系统的许多人也都知道，唯独他吴冶平不知道。大家就像商量好的，一起瞒着吴冶平，也只有他华良俊，不怕当这个恶人，把话说开，让吴冶平放周本兰一马，和周本兰离婚，成全毛友贵和周本兰。

"周本兰知道吗？"吴冶平问。

"你说呢？"华良俊反问。

吴冶平没有回答华良俊，他在想，果真如此，自己如果主动提出和老婆离婚，倒反而是做一件好事情了？

华良俊最后说:"这件事情你们两个总得有一个人主动提出来,要说谁先提出来谁就是恶人,这个恶人也只有你来做。为什么?因为你是男人,因为你在深圳啊,而周本兰就待在那个小县城里,你如果让她当恶人,她今后怎么生活?"

华良俊把话说到这个份儿上,吴冶平如果再不主动提出离婚,就真的是不仁不义、虚伪至极的小人了。

离婚过程非常顺利,周本兰没有提出任何异议和额外要求,仿佛真如华良俊所说,她一直在等着吴冶平主动提出呢。

离婚之后,周本兰果然很快与毛友贵结婚了,而吴冶平则一直未能再婚。

原因很多。起初是他还没有完全从第一段婚姻中走出来,总以为周本兰还是他老婆,他们只是仍然在分居。之后是条件不具备。刚离婚那会儿,吴冶平还住深皇集团的房子,宽敞倒是够宽敞,但产权不归自己,算是无房户。倘若他是刚来深圳的小年轻,别人都能理解,可他明明是一个离婚的中年男子,居然连自己的房子都没有,很容易让人与"不成功"联系在一起,这年头,谁愿意和一个"不成功"的中年男人结婚?其间有一个也是离异的女士,是内地某大型国企派驻深圳机构的单位会计,因为业务关系,和吴冶平认识。女人虽然不是很漂亮,但气质不错,身上有一种正气,一看就不是那种在社会上"混"的人,对方也觉得吴冶平不像"混"的人,二人的价值观比较接近,所以进展得非常快,很快就把关系从地上发展到床上。女士虽然一身正气,但并不表示内能不足,吴冶平与她在床上交流的时候,能明显感到对方被严重压抑的火山不断喷发。有一次在吴冶平家里,女士忘情地说:"我们一人出十万,把你这房子好好装修一下,就当我们的新房吧。"吴冶平听了,当时就泄了气。

不是吴冶平出不起十万元，也不是他舍不得出十万元，而是这房子是深皇集团的，不是他个人的房产，花二十万装修公家的房子，发神经了？吴冶平说明情况后，女方也泄气了。至此，一段可能的姻缘戛然而止。也就是从那一天，吴冶平开始重视房子的问题，终于，在从深皇集团内退之前，他先后购置了两套住房。后来，因为和林中合作办厂的缘故，卖掉一套，又抵押一套，目前仍然勉强算"有房"吧，基本满足再婚的条件。

现在，吴冶平理顺了自己和林中的关系，他相信林中的能力和做人底线，相信只要不发生不可抗意外，企业在几年之内不会倒闭，而企业只要不倒闭，林中就不会中断给他的借款利息和分红。只要坚持几年，房子抵押贷款就能还清。只要还清了银行贷款，吴冶平就又是这套房子的真正主人了。实事求是地说，到目前为止，林中的表现无可挑剔，每月按时支付吴冶平的利息和固定分红。时间一天不差，金额一分不少，让吴冶平很快偿还了华良俊的五十万借款，并开始提前偿还银行按揭。

当然，他并不是一下子把银行的贷款全部提前偿还了，而是每隔一个月就提前偿还一笔，加上每月固定偿还的按揭款，使他感觉自己欠银行的贷款逐月下降，每月支付银行的利息也随之减少，且减少的速度很快，吴冶平因此心情愉快。现在，是该吴冶平认真考虑再婚问题的时候了。他在电话里对老同学华良俊透露自己的想法，华良俊的回答是："这就对啦！"又说了一些七荤八素的话。最后商定，吴冶平再婚，华良俊带着家乡亲友团来深圳捧场。

但是，外甥女的一个电话，打乱了吴冶平的既定节奏。

3.2

外甥女突然打来电话,说她不想做了,想家,想回老家了。

吴冶平一听,马上就意识到事情没这么简单。

有两个可能:一是外甥女嫌收入低了;二是林中给她施加压力了,想把她挤走。更大的可能是这两种情况都有,二者交织在一起。

单纯第一种情况好办,吴冶平私下再给外甥女一份"工资"就是。问题是第二种情况,因为,林中不会明着挤她走,而是暗挤,让他外甥女难受,自己提出走,这就比较难处理。

吴冶平当然不能让外甥女走。有外甥女在厂里,等于吴冶平在厂里安了一只眼睛,其作用不言而喻。当然,他心里清楚,外甥女说起来是"财务经理"，其实林中肯定搞了两笔账，不会让吴冶平的外甥女真正掌控公司的财务大权和真实的财务机密。所以，外甥女的这个"财务经理"更多的是个摆设，但有她这个"摆设"在，总比没有强，起码，林中不敢公开转移公司的资产吧？只要资产在，公司的主体就在，吴冶平这个股东就不是空的。吴冶平知道水至清则无鱼的道理，所以对林中的一切运作都是睁一只眼闭一只眼，但他不可能两只眼睛全部闭上。外甥女的存在，就相当于吴冶平睁开的一只眼睛。

吴冶平决定去厂里看看。

他还是股东，吴冶平有权并且应该经常去厂里看看。只是他比较知趣，很少来罢了，不过，如果他要来，谁也不敢拦着。

吴冶平没跟任何人打招呼，包括没跟林中说，自己驱车五十九分钟，来到厂里。

工厂有了非常明显的变化，主要是中荣和德邦合在一起了。看来林中没有骗吴冶平，真的把中荣公司"装到"德邦里面来了。从管理上说，这样做也方便一些，节约一些，更高效一些。

林中不在，吴冶平立刻给他打电话。

事先不告诉林中是对的，因为吴冶平不是林中的下属，他是股东，股东来自己工厂，没必要向任何人事先通报。但到了工厂之后，吴冶平就必须第一个见林中，见不到林中，就必须在第一时间主动给林中打电话，这就是做人的分寸。

对方手机占线。吴冶平马上就想到是林中的亲信在向他紧急汇报自己突然来厂里的情况。

等了一会儿，再打，通了。

林中说抱歉，自己在宁波，早知道大哥来，昨天就不出差了，在厂里迎候大哥。

吴冶平说没事，这次来工厂纯粹是私事。

林中"哦"了一声，并没具体问什么私事。

吴冶平不用他问，自己主动说了。

吴冶平曾经"教导"林中，平常能不说假话尽量不要说假话，需要说假话的时候坚决说假话。当然，这是他之前对林中的教导，如今林中比他牛了，吴冶平不敢再"教导"林中，他只能要求自己这么做。比如现在，关于自己突然到厂里来这件事，吴冶平就完全没必要说谎，干脆实话实说，最简单，也更显示自己的底气。

吴冶平说，他昨晚突然接到外甥女的电话，说她不想做了，想回老家了，所以他今天一大早赶来，了解一下情况。

林中说："啊，这样啊？"

"没事，"吴冶平说，"我马上找她了解一下，如果她实在不想做，我就另外派一个人来。"

吴冶平这句话暗藏两个玄机：第一，向林中表白，我是还没有找外甥女了解情况，就先对你说的，可见，我非常尊重你，并未打算耍任何阴谋，希望你也坦坦荡荡；第二，你最好不要挤我外甥女走，因为按照协议，我是一定要向公司派财务经理的，你若把她挤走，我肯定会另外派一个来，反正我不止一个外甥或外甥女，你看着办。

"这样啊，"林中说，"娟子干得不错啊，最好不要换人。"

娟子就是吴冶平的外甥女，叫徐文娟，吴冶平叫她"娟子"，林中也跟着吴冶平这么叫，仿佛徐文娟是他们共同的外甥女。其实，林中比徐文娟大不了几岁。

"我先找她谈谈，谈完了再告诉你情况。"

"行，大哥辛苦啦。"

徐文娟早看到吴冶平来了，如果是在老家，她肯定喊着"舅舅、舅舅"跑出来，但这里是广东，吴冶平早对她说过，广东不是老家，工厂也有工厂的规矩，在家可以喊"舅舅"，在公司就得喊董事长，公私分明，可现在，吴冶平已经不是董事长了，徐文娟该喊他什么呢？

德邦的写字楼是从一楼的标准工业厂房里隔出的一长条，依次是会客厅、写字间和董事长办公室。这样的设计未必科学合理，但当时条件有限，为节省空间，只能如此。董事长办公室里有吴冶平的大班椅，但他很少去坐，只是林中出事他主持工作的那段时期坐了几天。今天进去一看，格局没变，他和林中的大班台依然在，只是上面落了一些灰尘，倒是外甥女徐文娟的桌子干干净净，估计这里现在实际上成了她的财务室了。

推开门，发觉徐文娟已经站在窗户边，显然是在观察外面的情况，抑或说，是在焦急地等他。吴冶平进来之后关上门，马上就伸出一根手指头，压在嘴上，轻声说："叫舅舅。"

徐文娟被他的举动逗笑起来，然后学着吴冶平的语调，甜甜地喊了一声"舅舅"。

吴冶平就近在沙发上坐下，并没有坐回自己的大班台上。大约是考虑到自己已经不是董事长了，或者嫌大班台太靠里面，上面又落了一层薄薄的灰尘的缘故吧。再或者，吴冶平没考虑那么多，仅仅是沙发离外甥女的桌子近，坐在这里与她说话方便。

刚刚坐下，就有人敲门。进来的是一位文员，给吴冶平送来矿泉水。吴冶平说谢谢，并提醒她把门带上，说自己要和徐经理说点事情，有事再叫他们。后面的半句话吴冶平没说，他相信文员能听懂，意思要他们不要来打扰了。

文员退出去之后,吴冶平起身,把门关牢,然后转身,对徐文娟说:"委屈你了。"

徐文娟没说话,憋着,但没憋住,眼泪流了下来。

根据徐文娟所说,事情的起因是公司生产任务比较忙,人手不够,于是要求办公室人员抽空到生产线上顶班。徐文娟在顶班的时候,接了一下手机,被林中的叔叔看见,当着那么多人的面,叔叔一点情面都不给,狠狠批评了她一顿。徐文娟认为林中的叔叔和她平级,都是公司的中层干部,有什么权力直接批评她?而且是当着那么多员工的面那么严肃的批评,一点面子都不给,显然是故意找碴儿。

表面简单的一起冲突,背景其实很复杂。林中的那个叔叔吴冶平认识,表面上对吴冶平很客气,其实并没有把吴冶平当老板,总认为他的侄子林中才是真正的老板,而他自己是老板的叔叔,相当于"皇叔"。之前吴冶平担任公司董事长的时候尚且如此,现在如果他知道吴冶平不再担任董事长了,就更可想而知。如果仅仅是"皇叔"的个人行为,还好说,倘若是林中的意思,想用这种方式故意把徐文娟挤走,问题则比较严重。头先吴冶平给林中打电话,说"我肯定另外派一个人来",就是针对这种可能性打的预防针,其实多少有些虚张声势,万一徐文娟真要走,吴冶平还真派不出一个更合适的至亲来。现在的年轻人,哪里像当初他们来深圳的时候那么能吃苦?别的不说,单看自己的大班台上落的灰尘,就能想象徐文娟不是一个很勤快的人,而吴冶平的另外几个外甥或外甥女,估计还不如徐文娟。所以,吴冶平的当务之急是先安抚她。

"他有什么资格批评你?"吴冶平说,"谁让你到生产线上顶班的?从今天开始,你不需要到生产线上顶班了。就说我讲的,谁要是不服,你让他们找我。"

徐文娟一听，马上破涕为笑。

"另外，"吴冶平接着说，"从今天开始，你不用喊我董事长了，直接喊我舅舅。他还真以为自己是'皇叔'呢。"

潜台词吴冶平没有说，他相信徐文娟能听懂：他是老板的叔叔，你还是老板的外甥女呢。

徐文娟开心得直点头。

吴冶平清楚，缓解情绪只能让徐文娟出出气，暂时不走，但要想维持长久，还必须做进一步的工作。吴冶平反省在这件事情上，自己也有一定的责任，比如自己已经辞去董事长和法人代表这件事情，他还没有对徐文娟说，而徐文娟毕竟还是没结婚的小女孩子，许多方面不成熟，还仗着自己是老板的外甥女，故意搞特殊化。吴冶平不用问，就能想象出，徐文娟肯定是带着情绪上生产线顶班的。所以，当时的场景估计不会仅仅是因为她"接了一个电话"这么简单，很可能是她多次接打电话或干脆在玩微信，"皇叔"才忍不住批评的，甚至徐文娟当时是故意用这种方式挑衅"皇叔"的权威也说不定。因此，吴冶平在安抚完徐文娟之后，还必须对她讲实话，但讲出实话之后，还不能再次影响徐文娟的情绪，必须进一步坚定外甥女在这里继续干下去、长期干下去的决心和信心。这就不是一句话两句话能解决的，必须有计划、有步骤，一步一步地循循善诱，把道理和利害与她说清楚，道明白，同时必须给她描绘出美好的大前景，让她舍不得走，并且能为远大的目标而忍受眼下的小小委屈。

"走，"吴冶平说，"陪我上生产线看看。"

徐文娟欢天喜地跟着吴冶平去看生产线。

吴冶平高调地、非常有耐心地带着徐文娟从前道车间的第一道工序看起，一直看到后道车间的最后一道工序。一边看，吴冶平还一边对徐文娟讲解。不仅讲解每道工序的作用以及和上下工序的衔接，而且还讲解技术要点。比如在参观完楼下的前道车间之后，吴冶平就对徐文娟说："前道是基础，也是关键，我们的专利核心主要集中在前道，这里面包含造粒、配料、混料、成型、烧结、涂银、氧化、还原、检测等多道工序。每道工序都很重要，只要其中的一道工序出差错，生产的产品就不合格，而其中最关键的工序又集中在配料的比例和烧结的温度和时间控制上，所以要格外注意。"

徐文娟刚开始是带着出风头的愉悦跟在舅舅身边的，以为舅舅带着她这样全厂走一遍的目的是"示威"，是告诉大家她舅舅才是整个工厂的老板，所谓的"皇叔"根本管不了她徐文娟。但是，听着听着，徐文娟就有些惭愧了。舅舅很少到厂里来，怎么对工厂的情况这么熟悉？而自己来工厂一年多了，怎么还要听舅舅来向她讲解生产工艺呢？她记得刚来的时候，舅舅就对她说过，作为公司的财务经理，不是记记账这么简单，必须对工厂的生产工艺十分熟悉，才有可能做到成本控制。自己连生产工艺都不熟悉，当然不能从财务的角度提出成本控制的有效建议，所以，从某种意义上说，自己是失职的，起码，是辜负了舅舅的期望。舅舅这样带着她下车间，除了给她"长脸"之外，是不是也是一种委婉的批评呢？

吴冶平在这样带着徐文娟一个车间一个车间、一道工序一道工序巡视的时候，就不断有人向他打招呼，连"皇叔"也不远不近地跟着。从坏的方面想，可以理解"皇叔"是在对吴冶平进行监视，但吴冶平宁可从好的方面想，他想着可能是林中在电话里对"皇叔"做了指示，让他好好接待自己，所以，"皇叔"这样不远不近地跟着，更大的可能是随时准备听候吴冶平的吩咐。

吴冶平决定试一试。

来到楼上的后道车间,这里因为技术含量比较低,因此工人反而更多,显得更加繁忙和热闹。绝大多数工人是之前中荣公司的,不认识吴冶平,因此向他打招呼的人比较少。吴冶平依然我行我素,像在楼下的前道车间一样,耐心地对徐文娟讲解工艺,插针、焊接、喷树脂、整形、包装等,一道工序一道工序地看,一道工序一道工序地讲。最后,吴冶平注意到这里的车间也隔出几个小房间,上面分别写着"生产部""仓库"和"董事长办公室"等字样,但门却是关着的。吴冶平对"皇叔"招招手,"皇叔"仿佛专门等待这一时刻,这时候见吴冶平向他招手,来不及思考,马上就快步跑过来。吴冶平没有任何客套,甚至都没有笑一下,说:"把门打开。"

吴冶平想到"皇叔"会拒绝。如果他拒绝,吴冶平马上就给林中打电话,问他是什么意思。

不要说自己还是股东,即便他不是股东,仅仅是林中个人的债权人,在林中有能力立刻偿还这笔钱之前,吴冶平相信林中也不敢跟他翻脸。

还好,"皇叔"虽然有迟疑,但还是按照吴冶平的要求把门一一打开。

吴冶平并没有进,只是推开门朝每个房间看了一看,然后对"皇叔"说了声"辛苦了",就带着徐文娟下楼了。

说"辛苦了"而不说"谢谢",在吴冶平这里是有区别的。前者是上级对下级的专用语,后者则可以对下属,也可以对其他人,但是在今天这样的特定场合,为了给外甥女出气,杀杀"皇叔"的威风,吴冶平故意选择"辛苦了"而不用"谢谢",他是在强调自己是"皇叔"的老板。不知道徐文娟是不是能理解其中的差别和舅舅的用心良苦。这样的分寸，教科书上肯定没有写，这种拿捏，学不来，也没办法教，只能靠"历练"，而"历练"，除了亲身经历之外，还必须"悟"，只有有心人才能领悟到，如果自己没有心，花再长的时间经历再多的实践也没用。徐文娟算是"有心人"吗？吴冶平希望她如此。

二人回到一楼，有两个人凑上来打招呼。吴冶平并不认识他们，但看对方就不像一般工人，所以仍然像早就认识一般伸出手，对他们说"辛苦了"。

徐文娟介绍说："郭经理、刘主管，都是工程师。"

吴冶平把手握得更紧一些，说："听我外甥女说你们很能干，辛苦了。我很少到厂里来，林总也经常出差，生产和技术上主要靠你们。辛苦啦，谢谢。"

吴冶平在"辛苦"之后特意加上"谢谢"，希望外甥女能听出自己对待这二位与对待"皇叔"的细微差别。同样，他不敢确定徐文娟有没有察觉。

年长的郭经理说："不辛苦，老板辛苦啦。"

吴冶平笑着说："我不是老板，林总才是老板，我只是林总的合伙人，普通股东而已。"

"一样的，一样的。"郭经理说。

"不一样，"吴冶平继续笑着说，"林总年轻，精力充沛，我老了，干不动了，你们要多为林总分忧解难。"

郭、刘二人齐声回答："一定，一定。"

吴冶平担心言多必失，再说"皇叔"就在旁边看着，吴冶平不想与两位工程师搞得太热络，担心"皇叔"到林中面前添油加醋一汇报，林中就会像上次找理由炒掉胡工一样，炒掉这二位。如果那样，吴冶平不是害了郭经理、刘主管吗？所以，这时候吴冶平转身再次对不远处的"皇叔"招招手，让他靠近一点，然后对他说："中午我带徐文娟出去吃个饭，你要不要一起去？"

"皇叔"把头摇得像拨浪鼓，连说"不去不去"。

吴冶平又转回身问郭经理和刘主管："你们呢？"

"不去不去，"他们说，"谢谢谢谢。"

吴冶平当然不是真心请他们吃饭，是标准的"假客气"，但假客气也比完全不客气一下好。关键是，吴冶平必须带外甥女出去吃饭，因为上午他只是帮外甥女出了气，暂时缓解了徐文娟的情绪，可要想让她安心工作，单靠出气和缓解情绪是不够的，还必须给她画饼子、讲故事，为她描绘美好的前景，这样的工作，不单独吃饭怎么完成？所以，吴冶平不可能真心邀请郭经理、刘主管和"皇叔"去共进午餐的，但是，他要把徐文娟从工厂带出去，又不能不打招呼，向谁打招呼呢？林中不知道是接受了卓天一的教训，还是他本身就喜欢大权独揽，目前公司就他一个老总，连副总都不设一个，经理有三个，分别是财务经理徐文娟、生产经理郭大为和行政经理"林皇叔"。徐文娟是光杆司令，说起来和"皇叔"平起平坐，但除了她自己，谁也管不了。郭经理也只能管技术和生产上具体的事，并不管其他事。而"皇叔"则不受限制，"行政"是个范围很广的概念，包括人事，而一旦包括"人事"，就几乎人人都归他管了，所以，他才可以派徐文娟到生产线上顶班，才可以当着那么多员工的面对财务经理作严厉批评。可是，吴冶平却不可能代外甥女向"皇叔"请假，但也不能连个招呼都不打就把徐文娟从厂里带走，怎么办？吴冶平只能以邀请"皇叔"一起共进午餐的方式来打声招呼，并且，吴冶平不仅仅是对"皇叔"一个人发出"邀请"，而是连生产经理和技术主管一起"邀请"。这就是分寸,这就是不卑不亢,这就是"拿捏"。这点,不仅徐文娟做不到,估计林中也不敢保证能"拿捏"得很准,或者说,"火候"把握得很稳。

当然,吴冶平知道他们都不会去的,最后剩下的,就只有外甥女徐文娟与他单独共进午餐,他需要单独与徐文娟深入交谈。

吴冶平带徐文娟来到台商俱乐部。

这是林中曾经带他来消费过的地方。彼时林中正向他筹款,所以对吴冶平好比对银行行长,当然是哪里高级把吴冶平往哪里带,吴冶平今天带徐文娟到这里来,情况与林中当初带他来差不多,也是因为这里高级。吴冶平这样做并不是要讨好徐文娟,对自己的外甥女,吴冶平用不着"讨好",但在此时,他必须给外甥女信心,要让外甥女相信自己的舅舅是老板,是大老板,要不然,外甥女这么大老远跑到这里来跟你混什么?

吴冶平特意要了一个包间。楼面经理问他几个人,吴冶平回答就两个人。楼面经理迟疑了一下,说包房是有最低消费的。吴冶平瞪了经理一眼,说没事,反正最后由你们简总买单。经理见吴冶平认识他们老板,态度马上就变了,变得像接待总统。

吴冶平平常不是摆谱的人。说实话,他讨厌动不动就摆谱的人,但今天为了徐文娟,吴冶平必须摆谱。

俩人在包间里坐下之后,吴冶平问徐文娟有什么人生规划。徐文娟想了半天,说不出到底有什么具体的人生规划。吴冶平说:"你对将来总有一个打算吧?"徐文娟又想了半天,说:"我听舅舅的。"说完,自己就有点不好意思地笑了。吴冶平却认真地点点头说,好,很好。徐文娟不明白舅舅为什么说好,为什么说很好。吴冶平说:"首先,你敢于说自己没有具体的人生规划，这就很好，起码比不懂装懂好。其次，当老板也就是长辈或上级问你一个问题而你实在没有把握回答时，最佳的回答方式就是'我听您的'。你刚才就是这样做的，完全正确，我非常满意，所以我说好，很好。不对吗？"

徐文娟被吴冶平这样一表扬，当即获得一种歪打正着得了便宜还卖乖的开心，但随即就有些惭愧，认为舅舅是宽容她，或者是对她不抱很大期望，对她要求不高，所以才对她的回答"非常满意"的。这么想着，徐文娟就说："其实我是有想法的，但不好意思说，说出来怕舅舅生气。"

"我怎么会生气呢？"吴冶平说，"只要你说真话，我就不会生气。"

徐文娟斟酌了一下，说："在老家的时候，我想着找个好工作，再找个好对象，然后结婚、生孩子，安安稳稳过小日子。"

说着，徐文娟脸都红了，显得非常不好意思。

"这有什么不好意思的？"吴冶平说。

"我怕您说我胸无大志。"徐文娟说。

吴冶平想说"女人要那么大志向干什么"，但临到出口，把"女人"省掉了，说成"要那么大志向干什么"。

徐文娟瞪着吴冶平，意思是：那您自己怎么有这么大志向的？

"不要看我，"吴冶平说，"我其实和你差不多，从小就没什么大志向的，只是想生活得更好一点。"

"您还没志向？"徐文娟不信，"老家的人都说您非常有志向，要不然，当年也不会放着好好的教育局科长不当，辞职下海了。"

"是股长，"吴冶平纠正说，"不是科长。"

"一样，"徐文娟说，"现在都叫科长了，以前的科长如今叫处长。"

"是吗？"吴冶平说，"也是，'股长'太难听了。"

说完，吴冶平就和外甥女一起开心地笑起来。

这时候，第一道菜已经上来，吴冶平让徐文娟挑好的吃，说反正俩人也吃不完。

他们边吃边聊。

"我当时也不能算有志向，"吴冶平说，"算遗传吧。你知道，你外公本来是在农村的，后来硬是把全家从吴家桥折腾到城关镇来，我也是想从小地方折腾到大城市来，仅此而已。哎，你刚才说到你在老家的时候是想找个好工作、好对象，安安稳稳过个好日子，这很好啊。那么现在呢？来这里之后呢？你现在有什么想法？"

徐文娟被问住了，停在那里，不吃不喝，想了片刻，才说："我想做舅舅这样的人。"

"啊呀，你可不能像我，我现在真像有些人说的，'除了钱什么都没有了'，有什么好？"

徐文娟似乎认真想了想，说："其实这话不对，既然有钱，怎么可能什么都没有呢？钱虽然不能代表一切，但至少可以买到大多数东西，解决大多数问题。我看啊，说这种话的人多半是因为自己没钱，吃不到葡萄喊葡萄酸。"

"这么说你想做个有钱人？"吴冶平问。

徐文娟点点头，但点得不是很坚定，仿佛有些不确定。

吴冶平说："想做个有钱人当然没错。像你刚才说的，至少生活中的大多数问题是可以靠钱解决的。但'有钱'不能算'志向'，只能算手段，不能算目的，是通过'有钱'来实现'志向'。比如我，现在有钱了，就实现在大城市立身的'志向'了，再比如你，如果'有钱'了，就有助于'找个好对象安安稳稳过日子'了。没钱，好对象难找，日子也很难安稳。"

徐文娟非常认同舅舅的观点。听到这里,她很认真地点头。

吴冶平接着说:"所谓'志向',是小时候形成的,在我看来,也是不会轻易改变的。如果那么轻易改变,还叫什么'志向'?所以,我认为你现在的志向仍然是'想找个好工作,找个好对象,安安稳稳过日子'。这没有错啊,没有变,也没必要变。至于你现在想到赚钱,那是因为环境变了,你必须比在老家的时候有更多的钱,才能实现原来的'志向'。是不是?"

徐文娟点头,说是。

吴冶平说:"好,我们说具体的,说'好工作'和'好对象'。你对现在的工作满意吗?"

徐文娟有些迟疑。

"是不是既满意,又不十分满意?"吴冶平问。

徐文娟不好意思地笑了。

吴冶平也笑了,说:"没关系,有什么不满意的地方你尽管说。我能帮你改善的就尽量帮你改善,实在解决不了的,我也实话告诉你,舅舅至少不会对你打官腔。但是有一条,我希望你不要轻易说想回老家这样的话。动物还知道'好马不吃回头草',何况人呢?你可能不知道,那些和你一起长大的朋友以及你的同学,还不知道多少人羡慕你呢。你这时候回去,不是被人笑话?不是让人家失望?"

徐文娟再次被吴冶平说得笑起来。

"但如果你跳槽,"吴冶平说,"有更好的发展机会,比如深圳有家上市公司愿意请你当财务总监,我保证支持你,绝不耽误你的前程。"

徐文娟认为这不可能。

"万事皆有可能，"吴冶平说，"我觉得你眼下的任务还是学习。这绝不是空话，更不是假话。你是专科吧？首先应该完成专升本，然后再通过自考或在职学习争取更高的学位。先把眼下的财务科长当好，再往财务总监的职位努力。过几年，如果我们公司能够上市，只要你能胜任，财务总监的位置非你莫属。万一我们公司不能上市，而你具备了财务总监的实力，我保证支持你出去应聘，甚至，我帮你推荐。"

徐文娟的眼睛亮了一下。

"我老了，"吴冶平说，"不想干了。你如果干得好，我可以把我的股份托管到你的名下。这样，你就可以代为行使我的股东权益，相当于公司的第二大股东了。只要你有这个能力，别说财务总监，就是公司副总，甚至公司老总，都可以让你做。第一大股东当董事长，第二大股东当总经理，这太正常了，天经地义，怎么不可能？"

徐文娟的眼睛彻底亮了，但并没有持续，她似乎还有些不信，不知道是不相信舅舅的话，还是对自己的能力没有信心。

"你要有信心。"吴冶平说，"我真的不想操劳了，真打算把股权委托给你。你知道吗？我已经把公司法人代表和董事长的职位辞了。"

"啊？为什么啊？"徐文娟叫起来。

"因为我老了，不想干了。因为你还不成熟，暂时不能胜任。"吴冶平说。

"现在谁当董事长？"徐文娟问。

"当然是林中了，还能有谁？"吴冶平说。

"难怪呢！"徐文娟说。

"难怪什么？"吴冶平问，"他们欺负你了？"

"那倒没有，"徐文娟说，"只是……只是'皇叔'有点耀武扬威、仗势欺人的样子。"

"知道。"吴治平说，"他这种人肤浅，反而好对付，我一来，他不就软了吗？我说了，你今后不必上生产线顶班了。"

"那倒无所谓。"徐文娟说。说的声音不是很大。

"不能无所谓，"吴治平态度坚决地说，"这是原则。你不是我外甥女我也不允许他们这么做。胡闹！公司眼下没有副总，就你们三个经理，职位相当于公司副总，哪有公司让副总上生产线顶班的？招不到工人，是他管行政的失职，不能因为他的失职，让其他两个经理承担后果。这是原则问题。这个问题很严肃。"

吴治平这么说着，自己就有些真的激动起来，他想马上给林中打电话。但他还是克制住了。吴治平不是怕得罪林中，而是不想让外甥女察觉到他其实并不是很有底气，如果底气十足，根本就不用给任何人打电话，自己就能做主，所以，吴治平这时候没有立刻给林中打电话，一直到他和徐文娟分手之后才打。

吃过午饭，已经是下午两点。吴治平开车把徐文娟送回工厂，自己却没有进去，主要是不想跟那么多人一一打招呼。不打招呼显得傲慢，打招呼又显得太没架子，作为股东，吴治平认为傲慢和太没架子都不好，所以干脆连工业区的大门都不进，就把车停在外面，等外甥女进了厂区，吴治平才重新上车，却没有立刻把车开走，而是坐在车上给林中打电话。

"大哥您好！"林中说，"辛苦了。"

"不辛苦。"吴治平说，"他们怎么还喊我老板啊？是不是你还没有对他们说我已经辞去董事长了？"

"是，还没说。没必要说吧？大哥当不当董事长，都是老板。"林中说。

"不行。"吴治平说，"一个企业不能有两个老板，否则下面的人就会无所适从，说不定还会利用这种关系，钻空子。"

"这样啊。"林中说。

"当然这样。"吴冶平说，"所以，你回来之后还是要把情况对大家说清楚。"

"这个……这个……"

"不要这个那个了，这是管理上的需要。"

"但手续还没有办下来啊。"林中说。

"那就赶快办，办完就宣布。"

"行。"林中应承道。

"徐文娟这边我已经提前对她讲清楚了，"吴冶平说，"我今天来就是要明确告诉她，我不当董事长了，公司只有一个老板，这个老板就是你林中，不是我吴冶平。她再不要以为自己是我外甥女就觉得了不起。她其实就是一个打工的。她不需要对我负责，她只要对你负责，她要是干得不好，你随时让她走，我绝对不会说一个'不'字。你跟我说实话，对她是不是不满意，如果不满意，我马上要她走，另外派一个人来。我还在厂门口，在等你的话。"

"没有啊，"林中说，"我觉得娟子干得很好啊。"

"是吗？"吴冶平问。

"是。"林中说。

"你不会因为她是我的外甥女，才对她特别宽容吧。"

"没有，"林中说，"娟子确实干得不错。有时候生产任务紧，她还主动到生产线上帮忙，真的很不错。"

吴冶平似乎信了，稍微停顿了一下，说："你千万不要表扬她。她一个财务经理，跑到生产线上顶班，像什么样子？传出去不是让人家笑话？我们公司没有副总，你又经常出差，那么多工人，就靠三个经理管理，本来就够紧张的，她跑到生产线上顶班，倒省心了，其他环节出点差错不是损失更大？"

"这样啊，哦，是的呦。"林中说。

"当然是的。"吴冶平说，"林中啊，现在工人难管啊，不像之前了，请来的管理人员也不敢百分之百相信，工厂里面只靠你叔叔一个人恐怕不行啊，真难为他了。"

潜台词吴冶平没说，他相信林中应该懂：你叔叔一个没上过大学的农村老头，比我年纪还大，有什么管理经验和能力啊？他一个人能搞定吗？放着我外甥女不用，还让她到生产线顶班，当普通工人使，有这样合作、这样做事的道理吗？

估计林中没来得及想这么多，就说："也是哦。"

"所以，"吴冶平说，"徐文娟绝对不能到生产线上顶班，她必须把财务工作做好，做仔细。如果她真的有空，就应该帮你叔叔做点管理工作，分担点责任。让她到生产线上顶班，给她那么高工资干什么？你说对吧？"

"对，对，大哥说得对。"

"另外，你也不要特别照顾她。我看你在楼上搞了间董事长办公室，是吧？"

"是。"

"很好。楼上风水好一些，坐得高看得远。"

"谢谢大哥。"

"既然如此，"吴冶平说，"干脆把一楼的董事长办公室撤掉，隔出一半做财务室，还能省出半间来做其他用途。"

"这样啊,"林中说,"那么大哥您就没有办公室了。"

"我要办公室干什么?我一年才来几次,还要专门的办公室?再说,我真要是来了,坐在你办公室,坐在你的位置上,你还赶我走?"

"那不会。"林中说,"欢迎大哥经常来指导。"

"行了,"吴冶平说,"我老了,懒了,不想动脑筋了,公司全靠你了。你要多保重,注意身体,劳逸结合,我下半辈子就指望你了。"

"大哥客气,大哥客气。您多保重,多保重。"

3.3

回到深圳，吴冶平第一感觉是累。

自己并没有从事体力劳动或体育锻炼，只是走走看看吃吃喝喝，为什么感到这么累呢？

是演戏。这一天去惠州，仿佛是上舞台，从早到晚都在演戏。对林中演戏，对"皇叔"演戏，对郭经理和刘主管演戏，对自己的外甥女徐文娟都在演戏，对所有的人都在演戏，再好的演员，站在舞台上演一天的戏，能不累吗？

吴冶平年轻的时候是演过戏的，在学校文艺宣传队演戏。但那时候白天排练，晚上演出，即便忙一天，也没觉得累。不但不累，反而还很亢奋，亢奋得晚上睡不着。彼时真演戏都不觉得累,现在假演戏怎么都觉得累呢?难道扮演生活中的角色比舞台上的角色更吃力?

主要还是年龄,吴冶平想,年龄确实不饶人啊。

其实,也不能说吴冶平完全在演戏。他对外甥女徐文娟说的那些话,包括对林中说的那些话,当然有演戏的成分,起码在形式上有演戏的成分,但内容或者说本质上都是真实的。比如他让外甥女注意学习、提高,不对吗?不是实话吗?他说将来有可能把自己的股份交给外甥女托管,没有可能吗?吴冶平现在就等于把自己的股份交给林中管理了。既然能交给林中,为什么不能交给自己亲外甥女?还不是因为徐文娟暂时还不让人放心吗?她连舅舅的办公桌都不知道帮着擦干净,吴冶平能放心把自己的股权托付给她管理吗?当然,托付给林中也不放心,但吴冶平相信林中至少是一个有事业心的年轻人,把股权托付给一个有事业心的外人,总比托付给一个没有事业心的亲戚强。

吴冶平对林中说的那些话,同样并非都在演戏,尽管他主观上确实是为了自己的外甥女着想。考虑到徐文娟目前的处境、心态和承受能力,吴冶平认为最保险的办法就是不让她去生产线顶班,否则,难免不与"皇叔"再次发生冲突。吴冶平知道自己不可能通过林中去改变"皇叔",他也没有把握能改变自己的外甥女,唯一能做的就是暂时把他们隔开,避免正面冲突。同理,吴冶平坚持把原来的董事长办公室隔出一半做财务室,表面上是对自己的外甥女严格要求,其实是避免徐文娟一个人占着那么大一间办公室而遭人嫉恨。如果仅仅是"皇叔"嫉恨还好说,倘若郭经理和刘主管也对徐文娟产生嫉恨,她的日子将更难过。吴冶平已经注意到,郭、刘二人的办公桌是在外面大开间的,他外甥女徐文娟凭什么一人占着一间大办公室?说吴冶平在演戏,其实他是通过对自己外甥女的严格要求，向林中发出暗示：既然我吴冶平能这么严格地要求自己的外甥女徐文娟，你林中为什么不能同样严格要求"皇叔"？"戏"是演给聪明人看的，吴冶平相信林中是聪明人，仔细回味一下，林中就能品出吴冶平"戏"中的潜台词，就能想到既然"皇叔"和徐文娟都是公司股东的亲戚，就该一视同仁，就该同样严格要求，大家相互团结，相互包容，分享权力，共同管理好工厂。

吴冶平相信林中的智商，却担心林中的胸怀。当初与卓总闹翻，后来把胡工赶走，现在公司连个副总都不设，让一个没有受过多少教育的农村老头"林皇叔"实际管理这么大一个工厂，都折射出林中的胸怀。或者不说"胸怀"，没那么严重，说合作精神和合作方法吧，吴冶平对林中的合作精神和与人合作的方法都非常担心。担心林中将来会对他怎么样倒是其次，主要是担心林中以这样的合作精神怎么能把企业做强做大。他希望林中能有自我纠错的能力，希望林中能从卓总的事件中吸取教训，意识到包容与合作的重要性，希望林中能学会与别人分享权力，慢慢调整好自己的心态和胸怀。

林中确实具有自我纠错的能力，而且是超强的纠错能力。

他居然把自己的叔叔炒了，这是吴冶平万万没想到的。

不是因为徐文娟，起因是"皇叔"与郭经理和刘主管发生激烈冲突，二位要集体辞职，连几个班组长都要带走。林中不知道是为了平息事态，还是发觉自己的叔叔确实太过分，完全不能胜任现代企业管理，总之，林中非常坚决但十分客气地把自己的叔叔"请"走了。

这件事情林中没有向吴冶平"汇报"。当然，他也没有义务向吴冶平"汇报"。实际上，林中现在几乎不再向吴冶平"汇报"任何事情，吴冶平也渐渐习惯完全听不到"汇报"的生活。

这件事情是徐文娟对吴冶平说的。

吴冶平虽然已经习惯听不到"汇报"的生活，但他希望知晓工厂里发生的一切，外甥女的作用就凸显出来了。

吴冶平仍然关心徐文娟的学习，并承诺承担外甥女学习的全部费用。不仅"专升本"的费用吴冶平全部承担，而且将来徐文娟考取更高学位的费用吴冶平也承诺承担。吴冶平觉得，承担外甥女的学习费用，比私下给她加一份"工资"更有价值和意义。

因为吴冶平承诺承担"一切费用"，所以徐文娟在完成"专升本"的同时报了一个名牌大学的 EMBA 总裁班。后者的费用确实有点高，单学费就二十多万，还有其他开销，倘若不是舅舅承诺，徐文娟是断然不会报名这个班的。但吴冶平在所不惜，不但不心疼，反而很高兴。本来徐文娟还有些不好意思，还有些犹豫，是吴冶平鼓励她报名的。吴冶平对徐文娟说，即便总裁班学不了多少货真价实的东西，但起码能积攒人脉，一个班都是"总裁"，将来你在珠江三角洲该有多强的人脉啊。

潜台词吴冶平没有说，他其实更希望外甥女能在班上找一个当总裁的老公，那样，他不就帮助徐文娟实现"找个好老公"的愿望了吗？冲着这个愿望，花二十几万值。

第4章　Chapter 4

"中年后"的爱情

4.1

　　善有善报。最终，徐文娟在总裁班并没有找到一个当总裁的老公，却意外地为吴冶平牵线了一个总裁女朋友。

　　女总裁姓付，支付的付，叫付安琪，湖南人。

　　付安琪是真正的总裁，不像吴冶平的外甥女这样是经理级的"总裁"。

　　在人员结构上，总裁班有两个特点：一是男生多，女生少；二是假总裁多，真总裁少。估计大多数学员报名这个班的动机和徐文娟差不多，说沽名钓誉有些刻薄，说想来积攒人脉比较接近真理。因此，像付安琪这样既是美女又是真总裁的学员就特别稀缺。

　　付安琪虽然是真正的总裁，却不是白手起家的第一代创业者，但她也不是富二代。是她老公当年来深圳创业，历经千辛万苦，终于成功，命却没有了，留下一个企业和一个"总裁"的头衔给付安琪。她感到力不从心，寻求学习提升，才报名总裁班。

班上总共五名女学员。其中一个花枝招展，明显是来傍大款的。另一个是富二代，考不上正经的大学，被家长逼着来混文凭，开着法拉利上课，一来就被假总裁们团团围着，彻底被惯坏了，傲慢得不得了，根本没时间与徐文娟、付安琪打招呼，跟她们几乎没有说过话。剩下的一个像老姑婆，本身就不言语，长得也非常一般，与"女总裁"的形象和风采完全不搭调，不知道她什么来头。所以，最终只有付安琪和徐文娟成为闺密。

总裁班在深圳，徐文娟因此经常来深圳，每次都要来看望舅舅，因为她基本上每次都住在吴冶平家里。

吴冶平欢迎外甥女来，也欢迎外甥女来家里住。反正他家房子够大，别说来一个外甥女，就是几个外甥女一起来，挤一挤也能住下。再说，吴冶平目前是一个人，家里缺乏"人气"，少了林中的"汇报"之后，更需要有人来善意地"讨扰"。

徐文娟自然不是故意"讨扰"舅舅，实在是没有办法。总裁班除了上课之外，更多的是学员自己组织的各种活动，比如轮流请客或公司搞活动邀请同学们去捧场，等等。徐文娟既然主要是来积攒人脉的，这样的活动就不能总是不参与，但参与之后她住在哪里？总不能再赶回惠州秋长镇的厂里吧？别说她目前自己还没有车，就是有车，大半夜的一个女孩开这么远也不安全，所以，要参与同学组织的活动，就只能住在深圳。住哪里？当然是住在舅舅家。

吴冶平支持徐文娟积极参与同学安排的各种活动，说这些活动是"总裁班"的重要内容和部分意义所在。吴治平更要求徐文娟在参加完这些活动之后住到自己家里来，说徐文娟住在外面他不放心。徐文娟很听话，至少很听吴治平的话，因为吴治平不但是她舅舅，而且是她的老板和资助人。按照吴治平的要求，徐文娟每次都积极参加同学们张罗的各种活动，并且活动之后都住舅舅家。但是这一次，她却打来电话，向舅舅"请假"，说天太晚了，他们活动的地点又太远，所以活动完了之后就不来舅舅家了。吴治平问她打算住哪里，徐文娟说住同学那里。吴治平问男同学还是女同学？问完，就后悔，心想自己真是老糊涂了，怎么能问出这么糊涂的问题呢？外甥女当然是住女同学家，不住女同学家，难道她还住在男同学家？

徐文娟大约也没想到舅舅会问这个问题，所以一时反应不过来，愣在那里，这时候，旁边的付安琪当仁不让，一把抢过徐文娟的手机，说："住我家呀。你听，我是男同学还是女同学啊？哈哈哈……"

人们常说"一见钟情"，这话吴治平信。所谓"一见钟情"，其实就是"第一印象"，吴治平认为，与人相处，第一印象非常重要，特别是男女之间，如果第一印象就不好，往下还怎么进行？但他和付安琪之间的情感发展超越世俗的"一见钟情"，因为，吴治平还没有见过付安琪的面，仅仅听外甥女说，他就对付安琪留下了非常良好的印象。他甚至有些同情付安琪，觉得付安琪一个女人掌管一家实体企业真不容易，在这种情况下，还能报名参加总裁班，力图提升自己并给自己充电，更是令人钦佩。所以，当初外甥女和他聊起付安琪的情况后，吴治平就支持徐文娟和付安琪交往，并鼓励外甥女向付安琪学习。今天一听付安琪说话，果然是一个开朗的人，声音听上去中气十足，非常干脆，不扭捏做作和拖泥带水，散发出大气、豪气、正气，充满阳光和正能量，顿时吴冶平就对她产生进一步好感。所以，相对于一般青年男女的"一见钟情"来说，吴冶平对付安琪是"未见钟情"。

吴冶平仿佛不经意般对徐文娟说，方便的时候可以请你那个同学付安琪来家里吃吃饭。

徐文娟说好，却未见动静，因为，她并没有在舅舅期待的日子里把付安琪带到家里来。

吴冶平感觉徐文娟不那么开窍，但他也不好意思明说。

这样不行，吴冶平想，对不开窍的人，不能指望她短期之内忽然变得善解人意，自己必须主动出击，不能把希望建立在不经世事的黄毛丫头身上。

吴冶平给徐文娟的母亲也就是自己的姐姐打电话，说他嘴馋了，希望姐姐快递一点家乡的特产来。姐姐当然也不知吴冶平的本意，但她显然比女儿更有执行力，仅仅两天，一大包黄池干子、咸鱼、腊肉、当地小黄洲产的各色黄豆酱等悉数寄到。吴冶平特意等到周末徐文娟来了，当着她的面把纸箱子打开，一件一件从里面取出东西来。每取出一件，他就讲解这东西该怎样烹饪味道才最正宗。比如黄池干子，吴冶平就说这其实是采石茶干的"儿子"，但如今"儿子"已经超过了"老子"了。再比如各色黄豆酱，吴冶平说其实只有狗肉酱和虾米酱味道最特别，并且虾米酱所用的虾米必须是丹阳湖产的小红虾才好，而他自己则更喜欢什么都不放的纯黄豆酱，也就是老家人所说的"酱板"，尤其是选用家乡小黄洲产的黄豆做成的"酱板"，更是味道独特，无与伦比，无法复制。说着，吴冶平禁不住嘴里"哧溜"了一下，听得徐文娟当场流口水，恨不得马上就让舅舅做。

"不行，"吴冶平说，"你妈妈快递这东西过来不容易，我们不能就这么随便糟蹋了。"

说完，又觉得不妥，不应该说"糟蹋"了，而应该说"吃了"比较准确，但说"吃了"好像又不能准确表达他的意思。

"没关系，"徐文娟说，"吃完我再让我妈寄。"

吴冶平看着自己的外甥女，一脸无奈地摇摇头，说："你们这些当子女的呀，真是不知道心疼老人。你以为你妈又买又包又寄这点东西容易啊？你注意到没有，你妈没有用快递公司的包装盒，她自己找了个纸箱子。"

徐文娟一看，说："是呢，她怎么这么傻啊。"

"不是傻，"吴冶平纠正说，"是习惯，是他们节省惯了。"

徐文娟伸伸舌头，知道自己讲错了。

"所以，"吴冶平说，"我们不能随随便便就把这些东西吃了，要吃得有意义。"

徐文娟点点头，似乎赞同了舅舅的看法，但同时一脸茫然，不知道该怎么吃才算"吃得有意义"。

吴冶平给外甥女忆苦思甜，说他们小时候，嘴馋的时候，就盼望家里来客人。

徐文娟仍然不明白，问："为什么？"

吴冶平说："因为只有来客人的时候，父母才舍得把家里藏的好东西拿出来吃。"

徐文娟仿佛有点开窍了，说："那我们也请个客人来吧。"

"好啊，"吴冶平说，"我上次不是让你把付安琪请来嘛。"

深圳没有北方意义上的"冬天"，但在北方冬季的时节，深圳的气温也明显低于夏季。这一年春节前后深圳的气温更低于往年，给吴冶平

第 4 章

一种类似家乡春天的感觉。这是一种催人勃发的冲动。付安琪踏进吴冶平的家，就带着类似家乡春天的气息。

因为天气有点冷，那天付安琪穿了一件短风衣。深米色，布料很厚，是那种现在已经很少见的纯棉卡其布，好像是20世纪50年代流行"列宁装"时候用的布料吧？吴冶平也没见过，更没穿过，天知道这种印象是怎么来的。大翻领，因为翻得比较厉害，担心领口过于空旷，所以付安琪的脖子上扎了一条亮色的纱巾。白地，鲜艳的粉红花，仿佛雪景映衬下怒放的红梅，把付安琪洁白的脸庞衬成了一大朵盛开的花朵。

"欢迎，欢迎。"

吴冶平立在门内，身体笔直，表情可亲，尽量让自己像从好莱坞大片里走出来的中年绅士：热情但显得从容不迫，彬彬有礼却不失机智，稳重可靠但时不时来点小幽默，努力塑造自己睿智、谦逊、健康、富有并且教养良好的形象。

为了筹划这顿午餐，吴冶平特意从家政公司请了厨师。这几年吴冶平身边没有女人，很多本该妻子承担的义务都通过家政公司来打理，但他平常请的最多的是清洁工，让其帮忙打扫卫生，请厨师来家里做饭是第一次。平常一个人，吴冶平自己也会做饭，实在不想做了，到楼下茶餐厅或干脆打个电话要一份外卖就行，请什么厨师啊。至于客人，吴冶平这里来的最多的就是小学同学华良俊，但他们哪一次在家里吃过？每次都是华良俊把领导送走后，餐厅订好了，才打电话"通知"吴冶平，吴冶平只管赴宴，连单都不用他买，哪里给机会让吴冶平在家里请客？这么说吧，如果像徐文娟这样的晚辈不算客人，那么，付安琪就是吴冶平在这个家里接待的第一个"客人"。

吴冶平之前当然也交往过女朋友，比如那个声称要与他一起出钱装修房子的女朋友，但那时他住公司的房子，与现在的"家"不是同一座房子。就是自己买房之后接待过的女人，也是在他第一套商品房里，而那房子已经在第一次为林中筹款的时候卖了。所以，这套大半新的房子里没接待过任何女朋友，仿佛是专门用来迎接付安琪的。

卖掉的那套旧房子位置更好，准确地说是更靠近闹市中心，但没有电梯，格局也不是太合理。吴治平现在住的这套位置不如之前的那一套靠近市中心，但后来者居上，无论是整个小区的设计和绿化，还是房间和阳台甚至厨房、卫生间的布局都更加科学合理和人性化，所以，尽管卖掉之后那套旧房子现在又升值很多，但吴治平并不后悔。他认为，房子的基本功能是用来居家的，不是用来投资的，更不是用来"炒"的，反过来说，也只有适合居家的房子，才最具投资价值，或者说，更具有"炒"的价值。再说，如果当初不卖掉，公司怎么迈过那道坎？他手上哪来这么多活钱？没有这么多活钱，他怎么可能成为"有钱人"？不是"有钱人"，他怎么敢接待付安琪这样的贵客？

虽然"未见钟情"，但吴治平并非自作多情。他已经过了自作多情的年龄。

吴治平善于将心比心，己所不欲，勿施于人，这是他做人的基调。

和周本兰离婚这么多年，吴治平为什么一直单着？主要不是"高不成低不就"，而是因为防范心理太强。深圳这地方，人们来自五湖四海，大家不知根不知底，更不像在家乡那样动不动就沾亲带故，所以深圳人防范意识特强，而且越是有钱人防范意识越强。吴治平没钱的时候，女方防范他，怀疑他的动机；吴治平有钱之后，他又防范别人，怀疑女方接近他的真实目的。这样相互防着，即便能走近对方的身体，也很难走进对方的心里，这样两人能走到一起吗？付安琪比吴治平更有钱，不用问，想也能想到有多少男人用各种方式打她的主意，只要她防范之心稍有松懈，估计早就人财两空了。但她又不能一直"单着"，怎么办？唯一的办法就是找一个"有钱人"。这样至少能甄别对方到底是喜欢她的人还是看上她的钱。一般的，如果男方自己的钱都花不完，应该不会再去惦记女人的钱，除非他有病。吴冶平没病。他要做的，就是告诉付安琪，他吴冶平有花不完的钱，并且没病。

要说吴冶平有多么"爱"付安琪，也说不上，因为热辣狂热的"爱"是青春期的专利，对吴冶平这样"中年后"的人来说，选择再婚对象时更多的是考虑是否"合适"。什么是"合适"？在深圳，互相不提防就是最大的"合适"。人们常说夫妻之间要相互信任，如果相互提防，还怎么信任？怎样才能相互不提防呢？前提是条件相当。只有条件相当才能真正平等，只有真正平等才可能不相互提防。所以，绕了一大圈，还是回到中国古老的"门当户对"上。

吴冶平和付安琪"门当户对"吗？

这个问题吴冶平认真想过。从个人资产来看，两个人相差太大。吴冶平勉强达到千万级，付安琪资产肯定超过一个亿，俩人相差至少十倍，哪里能说是"门当户对"？但是从这些资产所产生的收益来说，吴冶平每年的收入超过一百万，而付安琪则不一定，有时候是几百万，有时候只有几十万，甚至，还可能亏损。

不要因此就认为付安琪无能。事实上，付安琪公司的经营状况超越大多数上市公司。吴冶平曾经担任高管的深皇集团就是上市公司，他太知道这里面的猫腻了。这么说吧，中国大多数上市公司市值能到几十亿几百亿，但每年的利润不到一千万，更不用说那么多亏损的企业了。几十亿甚至几百亿市值的公司每年的利润不到一千万，不是比付安琪一个亿创造几十万更差吗？

总之，虽然付安琪名下的资产远远大于吴冶平，但他们每年的实际收入却不相上下，可以说是基本"门当户对"。

关键是，吴冶平对财富没有野心，因此，他不会惦记女方的财产。吴冶平知道自己每年收入一百多万在深圳根本算不上"有钱"，但相对他的需求来说，已经绰绰有余了。他毕竟在大型集团公司担任那么多年的高管，经历的太多了，对什么都看透了，不会被虚荣心左右，自己不追求奢靡，也不羡慕更不会惦记别人的财富，这种经历、见识、认识和领悟，就是他最大的"财富"。如果把这些"财富"计算在内，吴冶平和付安琪完全"门当户对"。

但是，今天吴冶平第一次在家里接待付安琪，他打算回避这些问题，他只想给对方营造"家"的气氛，留下"家"的印象。他判断，付安琪现在和他一样，眼下最需要的不是钱，而是心理上有一个"家"。

虽然请了厨师，但为了营造"家"的气氛，主打的家乡菜却是吴冶平自己动手。当吴冶平腰扎围裙亲自将家乡的美味端上桌的时候，付安琪忍不住笑起来。

"吴总还能有这手？"付安琪说。

"见笑，见笑。"吴冶平说，"你是我们家第一个客人，而且是这么漂亮的美女贵客，我必须亲自下厨。不好意思，献丑了。"

深圳的家政服务比内地市场成熟。请来的厨师一直在厨房里埋头做事，开饭前，悄然离去，至于餐后的收拾嘛，早就有言在先，交由外甥女徐文娟"承包"。所以，那顿午餐只有他们三人，像是他们那代人标准的"一家三口"，空气中充满"家"的味道。

吴冶平已经脱掉围裙，穿了一件薄毛衣，像一家之主那样，坐在"首席"上。付安琪的短风衣和纱巾在她提出去厨房帮忙的时候就已经被取下，虽然申请帮厨未获批准，但她并未将风衣和纱巾重新装备到身上，这时候身着低领羊绒衫，全然一副被老公宠着的幸福的家庭主妇形象。至于外甥女徐文娟，仍然是没完全开窍的样子，吃得吧唧吧唧的，倒符合富裕家庭在父母身边长大的小女孩的角色。

吴冶平使用了公筷，主要是为了给付安琪夹菜。每夹一道菜，就讲解一下这道菜的特色。付安琪一边说谢谢，一边品尝，一边点头，还不时地称赞两句，说自己早听说徽菜在传统八大菜系中排名靠前，但之前感觉一般，原来是没有吃到正宗的啊，今天吴总亲自下厨，果然吃出"名菜"的味道来了。

吴冶平谦虚地笑笑，说差远了，他不是真正的厨师，做的也算不上真正的徽菜，没有秤杆黄鳝和马蹄鳖，也没有臭鳜鱼和清蒸石鸡，差远了，差远了，连正宗徽菜的皮毛都算不上。

一直埋头苦吃的徐文娟这时候突然插嘴，说："什么时候舅舅给我们做一桌正宗的徽菜？"

吴冶平笑笑，说做不了。一来自己没那手艺，二来没有原料，如今别说在深圳，就是回到安徽老家，也已经找不全这些原料了，即使找到，也不如当年正宗了。

徐文娟做了一个鬼脸，翘翘嘴，一脸可惜的样子。

付安琪问："是不是真正的传统徽菜已经失传了？"

吴冶平说差不多吧。比如石鸡，如今哪有野生的？饲养的石鸡又怎么能和当年野生的相比？秤杆黄鳝和马蹄鳖也如此。

付安琪说，怪可惜的。

吴冶平说，是怪可惜的，失传的好东西多着呢，徽菜如此，其他菜又何尝不是呢？除了八大菜系，中国好吃的地方菜多着呢。实际上，每个地方的菜都有自己独特的味道，而且越是不出名的小地方可能越是有自己非常独特的味道。徽菜当初之所以出名，在八大菜系中排名靠前，并不一定是因为味道比别的菜系更好，而只能说明当时徽商很出名，淮军很出名，当时安徽在全国的经济、军事、政治地位决定了徽菜的地位罢了。吴冶平还举出两个例子，说在整个华北的语系当中，天津话最特别，与周围的河北话、北京话完全不搭调，为什么？因为当初的天津是"天津卫"，相当于一个军事要塞或城堡，而驻扎在这里的军人就是淮军，所以天津话其实是安徽淮北固镇一带方言的变种。再比如西北的兰州方言，很多就是合肥土话，也是因为当年兰州一带是李鸿章淮军的驻扎地。

吴冶平的一番话不仅让付安琪刮目相看，而且连徐文娟也听傻了。她已经暂停埋头苦吃，专心听舅舅说。

不能过分。

吴冶平及时提醒自己，要注意谦逊，不能一味地表扬与自我表扬，要注意表扬对方。于是，他马上说："其实哪里都一样，比如你们湖南吧，'没有湖南人就没有新中国'，这话不假吧？"

"哈哈哈……"付安琪开心大笑，说，"虽然夸张，但仔细一想好像还真是这个道理呢。哎，我怎么从来没听人这么说呢？"

"是我不让人家说的。"吴冶平故作神秘地说。

"你？"付安琪问，"为什么？"

"这是我的专利啊。我就是专门等着说给你付大美女听的啊。"

"哈哈哈哈哈……"付安琪笑得更加开心。

"不是我捧你们湖南人，"吴冶平接着说，"中国军队抵抗日军的侵略，东北没有守住，上海、北平没能守住，南京说是准备不充分，武汉应该准备充分了吧？可仍然没能守住。只有到了你们湖南，日本人才真正碰到硬钉子。长沙保卫战的胜利，在第二次世界大战中的意义和作用，丝毫不亚于苏联军队在斯大林格勒①保卫战中的胜利。特别是衡阳一战，中国军人只有两万人，对抗日军精锐十万余人，除了在你们湖南，还在中国国土上哪里发生过？在整个二战历史上哪里发生过？"

"是吗？"付安琪高兴地叫起来，"我就是衡阳的呢。"

"好！"吴冶平对徐文娟提议说，"让我们共同举杯，敬我们来自英雄城市的美女总裁！"

---

①斯大林格勒，现名为伏尔加格勒。——编者注

4.2

午餐之后,吴冶平把外甥女徐文娟打发进了厨房,要求她除了洗碗之外,还必须把灶台擦干净,这样,他就可以单独与付安琪在阳台上享受冬日里温暖的午后阳光了。

吴冶平问付安琪是喝茶还是喝咖啡。

付安琪说随便。

吴冶平说你总得有个倾向吧,客人太"随便",主人很为难。

付安琪大约真的无所谓,就说:"我听吴总的。"

吴冶平说那就喝茶吧。不是说茶一定比咖啡更好喝,而是茶比咖啡更具有灵性。再好的咖啡,都必须经过研磨才能入口,端上来只能是没有任何生命特征的黑乎乎的一杯液体。而茶就不一样了，特别是绿茶，除了味道之外，还有造型，比如同样是茗茶的太平猴魁和黄山毛峰，造型就完全不同，泡在透明的玻璃杯里，茶叶在水中慢慢舒展，不仅重新彰显生命的活力，翩翩起舞，千姿百态，而且折射出丰富的文化内涵，很具想象力。品尝具有灵性和想象空间的茶水，总比喝一团死水的咖啡好吧。

吴治平对自己的这番"茶论"颇为得意，但付安琪似乎兴趣不大，简单礼貌性地表示折服之后，马上就转移话题，问："听徐文娟说您把自己的企业托管给了别人？"

吴治平愣了一下，露出笑容，说："不能这么说吧。企业本来就是人家的，我只是参股，最多只能说我把自己的股份托管给了合伙人。"

"那也不简单啊，"付安琪说，"您必须有强大的自信，充分信任对方，对方还必须有这个人品和能力，值得您信任。"

"是，"吴治平说，"你这个总裁看来不是沽名钓誉，一下子就说到了点子上。你一口气说了几个'信任'，其实人与人之间合作的关键是信任，而信任对方的前提是信任自己，相信自己的判断力。只有充分相信自己了，才有可能相信别人。怎么，付总眼下就遇到这个难题了？"

"巨大的难题。"付安琪说，"我一个女人，能有多大的能力、多少精力？很多事情必须依靠别人做，但眼下敢相信谁呢？又有多少人值得信任呢？连自己的兄弟姐妹都靠不住，怎敢靠外人呢？"

吴治平矜持了一下，说："我刚才讲了，首先必须信任自己，你好像并没有完全相信自己，所以才产生信任危机。"

付安琪似乎不赞同吴治平的观点，出于礼貌，不方便反驳，于是端起茶杯，仔细地喝了一口茶。

吴冶平看出对方的意思，却并未回避，接着说："你刚才说到'兄弟姐妹都靠不住'，说明什么？说明你从一开始就不信任任何人，所以首先想到的只能是自己的兄弟姐妹。但兄弟姐妹对他们自己也不自信，不相信他们自己的能力和定力，也怀疑你只是暂时用他们应急，担心他们在目前的位置上干不了多久，所以才有短期思想，能捞一把是一把，先不吃亏再说，结果让你十分失望。说到底，这一切其实是你自己造成的呀。"

吴冶平知道自己这些话比较重，尤其是对一个第一次接触并且自己打算追求的美女总裁来说，更是如此。但他必须这么说，他必须与那些打她主意的男人有所区别，他必须表现出强大的自信，才有可能脱颖而出。再说，吴冶平不年轻了，耗不起了，行就行，不行就迅速转移目标，绝不拖泥带水，所以，必须上来就用"猛药"，要么见奇效，要么死翘翘。

付安琪没说话，也没喝茶，似乎有点发呆。

吴冶平见"猛药"起作用了，就担心它的副作用，于是决定再上点"补药"，对冲一下，说："其实这也不能怪你。你突然接手这一大摊子，两眼一抹黑，万事开头难，谁都不认识，当然只能依靠自己的亲人。"

付安琪这才回过神来，眼睛恢复活泛，对着吴冶平点点头。

吴冶平说："我也一样。人啊，其实都是被逼的。你以为我愿意把自己的股份托管给合伙人啊？那是因为没办法，是被逼到这个份儿上。什么叫信任？逼到那个份儿上之后，才不得不'信任'。不瞒你说，我是因为不信任合伙人，所以才不得不把股份托管给他的。"

说到这里，吴冶平突然不说了，又端起杯子，重新喝茶。他故意卖了个关子，吊吊付安琪的胃口。

果然，付安琪愣了一下神，问："既然不信任，那又何必合作？何

第 4 章

必把股份交给他托管？"

吴冶平放下茶杯，不小心弄出一点儿响声。他把茶杯扶正，响声消失，周围恢复安静了，才说："我说了呀，是被逼的呀。是被逼到这个份儿上，不得不这么做啊。"

付安琪瞪着大眼睛，像两个巨大的问号，似乎在问：怎么会这样？谁逼你了？怎么逼你的？

吴冶平看着付安琪这副样子，忍不住想笑。他忽然感悟，确实是"女子无才便是德"，女人，尤其是漂亮的女人，在发傻的时候，确实比她们耍聪明的时候更可爱。这么想着，吴冶平就有点不忍心，感觉自己一个大男人，对一个已经很艰难的女人，应该真诚一点，不用在她面前玩心计卖关子了。表演是必要的，但表演过分就不必了。于是，吴冶平说："其实，我那个合伙人真是不敢让人信任。你可能难以想象，我把公司法人代表和董事长的位置全让给他了，他连总经理的位置都霸着不放。这还不算，整个公司下面两个工厂，居然连个副总都不设，生怕别人和他分享权力和荣耀。这样的人，能让人放心吗？"

付安琪摇摇头。

"可不信任又怎么办？"吴冶平说，"我有选择吗？要么退股，散伙。但散伙对我有好处吗？即便他守信用，不赖账，想把我投入的钱一分不少地还给我，他能还得了吗？打死他也偿还不了。那怎么办？只能等他慢慢还。他拿什么还？当然只能拿企业的利润还。为了让他能集中精力经营企业创造利润，避免钩心斗角，最好的办法就是让他大权独揽，所以我主动把董事长和公司法人代表的位置全部给他，相当于把我的股份托管给他。除此之外，我还能有什么更好的办法？"

"为什么会这样？"付安琪问。

"因为他掌握订单。"吴冶平说。

"我也掌握订单了呀。"付安琪说。

吴冶平没说话,看着对方。

"真的。"付安琪说,"真的是我掌握订单。我知道订单是企业的生命,所以我接手工厂的第一件事就是牢牢抓住订单不放。什么权力我都可以交出去,唯有订单我攥在手里不放。"

吴冶平先点点头,然后又摇摇头。

"你不信?"付安琪问。

吴冶平再次摇摇头,说:"不是,我不是不信,我是说你其实并没有真正掌握订单。"

付安琪使劲地摇头。她似乎在争辩,但不知道是出于礼貌,不好意思大声说出来,还是忽然感觉吴冶平不可理喻,跟这样的人,不值得她大声争辩。总之,当时付安琪虽然使劲地摇头,却没有发出声音来。

吴冶平说:"第一,你的订单不是你自己开拓的,你是继承来的;第二,你的订单是单一的,不是复合的。"

"这重要吗?"付安琪不服气地反驳,"有区别吗?"

"区别大了。"吴冶平说,"自己开拓来的订单不容易丢失,万一丢失了你也能再开拓。开拓订单是一种能力,而能力是很难'继承'的。单一订单相当于把自己的命运押宝在对方身上,万一有个风吹草动,你怎么办?"

付安琪不说话了,仿佛被吴冶平一下子点到了穴位。

吴冶平甚至感觉到付安琪似乎就要哭出来。吴冶平能想象出,这段时期,付安琪表面上风光无限,其实,内心承受着多大的压力和煎熬啊。

他忽然有些心疼起付安琪来,他说自己其实是被逼到这个份儿上,付安琪又何尝不是呢?区别是,吴冶平是自己把自己逼到这个份儿上的,而付安琪是被命运逼到了这个份儿上的;吴冶平是自作自受,付安琪才值得同情。

这一刻,吴冶平只想帮帮眼前这个女人。

第 5 章　　　　　　　　　Chapter 5

羊 毛 出 在 狗 身 上

5.1

　　总裁班的同学活动仍在继续，但参加的人数越来越少，不断有人因各种理由缺席，导致活动渐渐地流于形式，不如起初那样热情高涨、催人奋进了。

　　责任在班长。

　　总裁班的班长和大学里选的班长不一样，通常不是由班上学习成绩较好的同学担任，而是由班上资产规模最大的那个总裁担任。大总裁起初很热心班上的活动，也舍得花钱，第一次请同学聚会，就每人送一部手机，深受同学们的欢迎和爱戴。但是，活动的次数多了，班长发现大多数同学没料，他并不能从这里挖掘有用的资源，相反，他自己倒成了同学们的"资源"，久而久之，就没有那么大的兴趣和热情了，于是，经常请假。班长尚且如此，下面的同学自然热情骤减，结果是黄鼠狼拖鸡，越拖越稀。

虽然大家不积极，但活动还在继续，因为当初说好是轮流坐庄。总裁班里的同学虽然并非都是真正的总裁，但个个都是要面子的人，而且越是假总裁越是在乎面子，谁也不愿意成为班上活动的"最后终结者"，所以，轮到谁"坐庄"，还必须硬着头皮张罗。起初，"坐庄"的人很有面子，每次活动完毕，好像大家都欠他一份人情，或者是他偿还了大家一份人情，后来的情况则相反，同学能来，仿佛是给"庄家"面子。

轮流坐庄的排名也有讲究。首先是班长，然后是副班长，基本上是按照担任总裁的公司的资产规模大小一路往下排。真总裁排完了，再排假总裁，男总裁排完了，再排女总裁。无论怎么排，徐文娟都是排名最后。她知道自己实力有限，不可能搞每人送一部手机那么大的排场，既然出不了那么大的钱，就打算多出一点力，于是主动担任班上的秘书，负责联络同学，协助"坐庄"的同学张罗，倒也颇受欢迎。

付安琪的排序比较靠前，因为，她是真正的总裁。

这次轮到付安琪"坐庄"。照例，还是徐文娟协助。因为二人的关系比较好，所以徐文娟的协助就更加细心，提前一天来到深圳。

还是住在舅舅家。

吴冶平听说是付安琪组织同学活动，热情比徐文娟还高，恨不能自己出任"协助"。吴冶平不断地和外甥女聊这个话题。徐文娟虽然不是很开窍，但她毕竟不是傻子，自上次请付安琪到家里做客，看见舅舅和付安琪在阳台上的谈笑风生之后，也大概猜出舅舅的心思。所以这次面对舅舅的关切，徐文娟很能理解，十分配合，有问必答，详细介绍了他们班上活动的情况。

"这样不行，"吴冶平说，"单纯的轮流坐庄，请客吃饭，有什么意思？时间一长，必然流于形式，甚至成为大家的负担。"

徐文娟说："对对对，是流于形式，确实成了负担，只不过大家都不好意思说破罢了。"

吴冶平又想了想，说："不如从你们这次开始，换一种形式，饭还是要吃，但吃饭不是主要内容，应该搞一个与EMBA课程有关的活动。比如，请一个著名企业家与大家座谈创业或守业的经验，或企业风险防范方面的讲座什么的。这样对大家都有实际帮助，也没有脱离你们班的主题，肯定受欢迎。"

徐文娟说："对呀，如果这样，当然好，本来就是EMBA总裁班嘛，老是吃吃喝喝有什么意思。"

吴冶平说："你给付安琪打个电话，让她来一下，我们具体商量一下。"

徐文娟立刻照办。

付安琪的工厂在关外，但她恰好在市内办事，接到徐文娟的电话，听说吴冶平请她过来一下，聊聊关于明天同学活动新创意的事情，很有兴趣，似正中下怀，暗自笑了一下，说马上过来。

这次吴冶平没有请付安琪到家里来，估计是事发突然，来不及请厨师，或者因为今天的主题是商量正事，不是单纯的吃饭，不用那么费事吧。

吴冶平自己去茶餐厅占了一个包厢，让徐文娟在他们小区门口等着付安琪，引导她在小区内泊车后，再将付安琪带到小区附近的茶餐厅来。

还是吴冶平和林中经常去的那间香港人开的茶餐厅。吴冶平和他们很熟，其实不用亲自去占位置，打个电话就可以预订一个房间，但吴冶平觉得还是让外甥女在小区这里等着，他自己在包厢里静静地品茶比较好。人过中年了，做任何事情，哪怕心里再急，都要表现出不急不躁的样子，他这样坐在包厢里边品茶边等，估计会比站在小区门口迎接付安琪更得体。再说，吴冶平觉得做任何事情，仪式都非常重要。上次为了营造"家"的气氛，请厨师来自己家里招待付安琪就是一种仪式，效果不错，这次是聊聊同学活动的新安排，专门找一间包厢就比在家里好，显得正式一些，这也是一种仪式。只有让对方感觉很正式，她才足够重视你谈的事，才不会轻易否定你的建议。这同样是吴冶平多年职场练就的经验，同样是 EMBA 教程里不曾写到的做人做事如何把握分寸的"诀窍"。

等待付安琪的时间比吴冶平预想的长。吴冶平一面提醒自己淡定，一面佩服自己有先见之明。倘若自己不是先到包厢里喝茶，而是站在小区门口等，大概就不会有这样的心情了吧？万一再搞得满头是汗或灰头土脸，就更败兴了。幸亏有外甥女徐文娟，吴冶平想，于是感叹人与人之间的帮助是互相的。眼下，自己虽然是在为外甥女提供学习和工作的经费和机会，但如果没有这个外甥女，谁替他在工厂里充当那一只眼睛？没有他为外甥女支付"总裁班"的学费，吴冶平怎么能认识付安琪？就说今天，如果不是徐文娟，谁帮他站在小区门口迎接付安琪？吴冶平又想到林中。虽然自己为了林中倾尽所有，还卖掉一套房子、抵押一套房子，并且向华良俊借债，但如果不是林中，他现在守着两套房子，自己住一套，出租一套，怎么可能成为手上有这么大现金流的"有钱人"？如果自己不是"有钱人"，怎么能有胆量接近付安琪这样的美女总裁？付安琪又怎么可能拿正眼瞧他？

这么想着，时间就过得比较快，付安琪终于来了。

徐文娟显然已经把情况对她简单讲了，所以付安琪进门就说："主意倒是好，可时间这么急，请谁呢？"

"最好是马化腾，"吴冶平说，"他代表新经济。"

"哇塞，马化腾，好！"徐文娟欢呼起来。

付安琪看她一眼，说："我也想啊，可能吗？我认识他，他不认识我，怎么可能出席我们的活动？"

徐文娟伸了伸舌头。

吴冶平说："知道，我知道请马化腾不现实，但我们可以照着这个思路往下想。"

付安琪和徐文娟都不说话，看着吴冶平。

"我的意思是考虑请一个实实在在的深圳本地企业家，而不是请北京来的一个纸上谈兵的学者或教授。"吴冶平解释说。

"对对对，"徐文娟立刻赞成说，"每次上课都是请北京来的教授，规格很高，收获不大，听他们讲，不如自己上网看了。"

付安琪没说话，再次看看徐文娟，徐文娟以为自己又说错了，夸张地再次伸舌头。

吴冶平也没说话，他眼睛盯着付安琪。

"您别看我，我没问题。"付安琪说，"哎，吴总，您是老'企业'了，认识的企业家一定不少，帮忙请一个吧，费用算我的。"

付安琪这样一说，徐文娟马上就把脸转向舅舅，等待着吴冶平推荐一个企业家。

吴冶平不说话了。他仿佛在思考，思考着该请哪位企业家。

不错，吴冶平确实认识许多企业家，深圳的上一辈大企业家他差不多都认识，而且他相信他们中的大多数也认识他，至少是记得他。但那都是面子上的关系，别人记住他，也是因为当初深皇集团在深圳赫赫有名，他作为集团公司的主要高管，当然被很多人记住。但是，如今深皇集团易主了，风光不再了，他也退出来了，谁还会再给他这么大面子呢？

"不行。"吴冶平说，"付总说到'费用'，倒提醒了我。深圳的企业家不是北京的教授，给钱就能请来。企业家，尤其是成功的大企业家，像马化腾、王石、任正非这样的企业家，哪个为了钱能出席这样的活动呢？"

第一个表示失望的是徐文娟。她长长地叹出一口气，脖子向后一仰，虽然没说话，但意思已经表达出来了。那意思是：既然如此，您怎么建议我们请一位著名企业家呢？

付安琪比徐文娟淡定，她没有责备吴冶平的意思，甚至没有表现出对吴冶平的失望，相反，她还表现得更热情一些。付安琪用信任的眼光注视着吴冶平，鼓励他继续说，继续想，大胆地想，大胆地说。

"除非……除非像我这样，是个退居二线赋闲在家的'二手企业家'。"

"说对啦！"付安琪说，"就是你了。"

"不行不行，"吴冶平一边摆手一边说，"我算不上企业家。"

"你怎么不算企业家？你现在不仍然是企业的大股东吗？股东就是企业的老板，企业老板还不算企业家？"

"不行不行，"吴冶平说，"我是股东，但我并不参与企业的经营管理，哪里能算'企业家'。"

"错。"付安琪说，"你这是'无为而治'，是企业管理的最高境界。

上次你说了之后，这些天我一直在思考，想着怎么向你学习，把企业托管出去。我不要多，只要每月按资产总额获得一个点的回报，每月坐收一百万，不是比现在更好？我正打算专门向您讨教呢。得，天意，明天非你莫属了。就请你讲，就讲讲你的'托管'。徐文娟，快，马上发短信，通知大家，说明天的同学活动是请某著名企业家谈'资本委托管理'实际操作案例。我安排办公室制作'易拉宝'，明天摆在门口，把气氛造出来。"

"不行不行，至少不能用'著名企业家'这个称呼。"吴冶平抗议道。

付安琪想了想，说："行，你自己说怎么称呼吧。"

是啊，怎么称呼呢？吴冶平想。叫"退休高管"？倒实事求是，但不能这么叫，没这种称呼啊。称"企业股东"？也符合事实，可更不好听，如今是人是鬼都可以是"股东"，理论上说，只要在二级市场上买了股票的，哪怕只买一手股票，也可以说是"股东"，自己怎么能和他们扯在一起？看来，这打广告的头衔不能实事求是，只能弄虚作假。

"叫'神秘嘉宾'怎么样？"徐文娟试探性地建议说。

吴冶平还没来得及表态，付安琪已经一锤定音，说好，就叫"神秘嘉宾"。

徐文娟迅速把短信编写出来，让付安琪看，付安琪修改了两个字，让吴冶平看。吴冶平发觉自己确实老了，反应不如年轻人快，论经验，外甥女做他的学生都不够格，可在手机上编短信，比他快许多。

短信内容是："各位同学好！明天的活动将有神秘嘉宾出席。昔日深圳最著名企业的核心高管，以其真实的经历，与您畅谈创业容易守业难。案例真实，机会难得，付安琪女士恳请总裁班同学务必出席。不得请假。时间地点另行通知。"

"核心"二字是吴冶平加上的。不是贪图虚荣，只是觉得加上这两个字更有分量一些。如今"高管"太多了，不加上"核心"，太轻飘。

　　吴冶平是个认真的人，不答应则已，既然答应了，就必须做好。再说这是付安琪的事，哪能马虎，所以，当天晚上他做了精心的准备。

5.2

第二天开讲之前,付安琪先对"神秘嘉宾"做了煽动性介绍:"老深圳人都知道,深皇集团是当年深圳最著名的企业,其地位相当于如今的华为或腾讯。今天我们有幸请来的这位'神秘嘉宾',就是当年深皇集团的创始人和核心层高管吴冶平先生。吴先生的可贵之处在于,深皇集团大股东易主之后,他断然拒绝新股东请求其出任总裁的橄榄枝,坚持自己出来重新创业。更令人钦佩的是,新型高科技企业步入正轨之后,吴先生又主动把公司托付给年轻人,自己退居幕后。下面,让我们以热烈的掌声,欢迎吴冶平先生为我们开讲!"

"呼啦啦啦啦……"

掌声热烈。

从参加活动的人数来说，本次活动足以和班长第一次组织的那次相媲美，总裁班同学几乎悉数出席。

吴冶平被付安琪这样一介绍，立刻不知道自己是谁了。他发觉之前小瞧付安琪了，从她刚才对自己的"介绍"可以看出，其"忽悠"能力不可小觑，能当上总裁，也绝不仅仅是继承亡夫遗产这么简单。如此一想，吴冶平就有点走神，忘记说什么了。幸好，他是本科师范科班教师出身，有讲台经验，不怯场，加上准备充分，所以短暂发愣之后，立刻调整到位。

吴冶平说："谢谢美女总裁的介绍，但付女士太客气了，因此有些夸张。我很感激付安琪总裁给予的正面夸张。我发觉自己是地道的俗人，听到正面的夸张虽然有点不好意思，但心里非常高兴，特别是这些夸张出自货真价实的总裁级美女之口，我更是欣喜若狂，忘乎所以简直不知道自己该怎么说了。"

下面有人笑了起来。

吴冶平等笑声停了，继续说："不瞒各位，我为今天的交流做了一些准备，原本打算讲讲深皇集团衰落的教训，以及之后我为守业而做的股权委托。但付安琪总裁的介绍事先把谜底透露给了你们，我如果再这么说，等于是强迫大家看一场已经事先知道比赛结果的足球赛，太残忍了，太没意思了，所以，我不得不换个思路说，因此可能乱了条理，请大家谅解。"

外甥女徐文娟带头鼓掌，大家稀稀落落有点儿掌声。

吴冶平趁机喝口茶，然后转身，在白板上写下几个字，"诺基亚和腾讯"，再转回身来，面对大家，接着说："我决定换一个案例，不讲深皇集团和我自己的那个所谓的高科技公司了。深皇是过去时，我那新企业没知名度，不具典型性，我还是说说大家都熟悉的诺基亚和腾讯吧。大家都知道，诺基亚是个世界级超级现代企业，比深皇有名，从事的又是朝阳产业，但是这样一家世界级知名企业，在它发展的鼎盛期，怎么就突然偃旗息鼓、风光不再了呢？"

说完，吴冶平就停了下来，注视着大家，等着大家回答。

可是，没人回答。或者，这个问题太突然，大家来不及思考。有些看似简单的问题，如果未经过思考，猛然被人一问，还真答不上来。又或者，这个问题他们在另外的场合已经听过甚至讨论过，因此早已知道答案，感觉问题太简单了，作为"总裁"，没必要回答这种"一加一等于二"的问题。

吴冶平说："我们今天不搞'一言堂'，大家都是企业管理第一线的精英，我们今天是共同讨论，好不好？"

大家脸上的表情轻松了一点儿，但仍然没人回答吴冶平的问题，甚至，有一两个"总裁"露出不屑一顾的表情。

吴冶平看看付安琪。这是他的课堂经验，以前在课堂上遇到这样的局面，他就看看班长或学习委员。

付安琪心领神会，果然出来帮吴冶平解围。她说："可能是诺基亚的管理层太保守了吧。"

吴冶平立刻点点头，在白板上写下"管理层保守"几个字，然后转身，继续问："还有呢？"

徐文娟回答："没有充分考虑年轻人的新观念和新的消费潮流。"

吴冶平对外甥女的表现十分满意，笑着点头，在白板上写下"年轻人、潮流"。

"还有呢？"他继续问。

付安琪、徐文娟终于带动了大家，大家开始说出自己的看法，一个接着一个。有的比较谨慎，用试探的口气，有的非常自信，以肯定的口气大声喊出来。吴冶平一边点头称好，鼓励大家，一边在白板上记下同学们的见解，很快，就把小白板写满了。

"很好。"吴冶平说，"作为EMBA总裁班的学员，大家要养成观察和思考的习惯。不要以为诺基亚的兴衰与你无关。如果不认真总结，很难说今天诺基亚发生的事情，明天不会发生在你们自己的企业身上。对你们各位企业的情况我不了解，不敢乱说，但我对付安琪总裁的企业有所了解，我敢说，她的企业现在正面临和诺基亚类似的情况。"

下面先是"嗡"地一响，然后是轻微的交头接耳声。付安琪倒是很淡定，微笑地看着吴冶平，等着看他葫芦里到底装着什么药。

"大家不要以为这是耸人听闻，"吴冶平说，"也不是我故弄玄虚，因为，你们是总裁，至少是'准总裁'，我不敢也不需要故弄玄虚。"

付安琪的表情严肃了一些，徐文娟表情有点紧张，其他人也安静下来。

吴冶平侧身指着白板说："你们刚才分析了这么多关于诺基亚突然风光不再的原因，都对。说实话，如果诺基亚公司早几年把你们请去，认真听听你们的这些分析，估计它就不会有今天的结果了。"

下面笑了一下。

吴冶平接着说："你们刚才分析的这些原因都对，但是太'根本'了，太抽象了。其实，诺基亚突然消失的原因很简单，就是他们把产品做得太好了，太专业了。他们把手机做到了极致，逼得其他企业没办法生存，但无线通信转变成移动式网络终端之后，这块蛋糕实在太大，太诱人，怎么可能让诺基亚一家公司独享呢？太不公平了吧。于是，其他商家不得不另辟蹊径，纷纷创新。绝大多数不成功，但尝试的人多了，总有一两个运气好的，于是，苹果冒尖了，三星出头了，华为跟上了，小米诞生了。它们的共同点是彻底颠覆诺基亚手机的操作方式，迎合了年轻人的趣味和潮流，走向智能化，而诺基亚还困在上一个时代的'专业通讯工具'上。苹果之所以成功，是因为它自己并没有工厂，苹果手机其实是在中国生产的，其中很大一部分就是在深圳生产的，在付安琪总裁工厂旁边的富士康生产的。苹果因为没有自己的工厂，所以没有包袱，可以轻装上阵，大胆创新，不断创新，终于创出一片新天地，覆盖了诺基亚之前的阵地。但是，请大家相信，诺基亚的管理层不是傻瓜，他们也未必比你们笨，说不定还比你们更聪明，今天我们在这里喝喝茶随便聊聊，就能找出诺基亚手机失宠的那么多原因，你以为他们当初没有讨论过这个问题吗？他们没有分析这些弊病吗？"

下面鸦雀无声。也只有到这时候，吴治平才感觉同学们的思考跟上了他的讲课节奏。

吴治平再喝一口茶，喝得比头先仔细。先吹了一下浮在上面的茶叶，然后抿嘴，小口地吸，等口腔吸满了，才喝下。喝完了，他才接着说："既然他们找到了原因，为什么还眼睁睁地看着企业一步步走向衰落呢？是他们没有执行力吗？是因为内部矛盾和斗争吗？或者是因为竞争对手为他们挖了陷阱吗？请大家不要以中国人的思维乱猜，都不是。那么到底是什么原因呢？对啦，还是因为极致。因为诺基亚太专业了，为了让自己的产品尽善尽美，做到极致，诺基亚甚至不相信任何加工企业，包括富士康。他们只相信自己，于是，诺基亚不惜投入巨资，建设自己的'专业'工厂和专门的诺基亚手机生产线。结果，产品确实做到尽善尽美了，但转型却不可能了，因为一旦转型，意味着之前投入巨资建成的生产线将全部成为一堆废铁。请问，管理层中的哪一位敢于承担这么大的损失与风险？谁能肯定新产品一定能够弥补这些损失？这笔账在财务报表中怎么体现？"

下面更是没人说话了。大家不是走神，而是在思考。

吴治平等大家略微思考了一段时间之后，才总结说："所以，太专业、太极致其实成了巨大的包袱。最后，这个巨大、沉重且又舍不得丢弃的包袱把诺基亚压垮了，拖死了。"

大家似乎还没有完全从思考中走出来，吴治平接着说："付女士的工厂同样很专业，专门代工某国际品牌的产品，也几乎做到了极致。因为专业，所以极致。这话没错。但是，正因为太'专业'，设备、技术、管理甚至操作规程和习惯都是围绕着该品牌转，你怎么敢保证该品牌一定长命百岁？别说万一它像诺基亚这样突然消失，就说它与时俱进实现产品升级转型，付安琪你怎么办？你的客户在决定产品转型升级的时候，没有义务征得你的同意，而且为了保密，他们一定悄悄地进行，等到某一天突然通知你，对不起，我的产品转型了，你怎么办？你现有的设备、技术、管理全部报废？你能来得及吗？你能负担得起吗？国外品牌能赔偿你这些因转型升级带来的巨大的甚至无法承受的损失吗？你们的合同是一年一签吧？他到年底再通知你，并不违反合同，即便他们仁慈，提前几个月告诉你，有用吗？"

大家情不自禁地看着付安琪，仿佛她的企业已经快倒闭了。

付安琪依然淡定，笑吟吟地坐在那里，微笑地看着吴治平，仿佛吴治平这些话之前与她说过，今天吴治平的这番耸人听闻的言论是他们共同策划的，他们好像是在演双簧。但其实不是，因为吴治平也是临时发挥。

吴治平说："你们不要看付总，我只是与她比较熟，所以才敢拿她的企业作比喻,并不是付总的企业真出现了这个问题。没说你们,并不表示你们自己的企业或企业下属工厂不存在类似的风险。另外,请大家放心,我既然提出这个问题,就一定想好了对策。至于是什么对策,今天我不占用大家宝贵的时间,找机会我与付总单独聊。现在我们讨论第二个问题,说腾讯。"

下面轻松了一些,发出一些轻微的笑声。付安琪的表情一如既往,淡定如常,估计内心也轻松不少。

吴冶平继续讲课。他说:"与苹果颠覆诺基亚不同,腾讯的最大特点是对全世界公认的企业盈利模式来了个彻底颠覆。简单地讲,过去企业的一切经济活动结果都是羊毛出在羊身上,而腾讯颠覆了这个惯例,变成'羊毛出在狗身上'。"

吴冶平再次转过身,把白板擦干净,只留下最上面"诺基亚和腾讯"几个字,然后在下面写上"羊毛出在狗身上"。

他说:"当初腾讯推出 QQ 的时候,很多人仍然用传统的经营模式和惯性思维怀疑腾讯总裁马化腾,甚至认为马化腾是傻瓜。完全不收费,不是做赔本买卖吗?这方面,是有教训的。就在腾讯推出 QQ 前不久,某国外知名品牌就在中国遭遇了滑铁卢。当时该品牌走的也是'免费'路线。先免费赠送该品牌洗涤液,培养中国老百姓使用洗涤液的习惯,以为习惯养成了,再高价卖给中国人,把之前免费送出去的钱赚回来。早年外国资本向中国推销煤油的时候就是这么做的,并且成功了,很长一段时期,'洋油'成了中国老百姓生活的必需品,维持了半个世纪。但是,此一时彼一时,在互联网时代,在知识爆炸的今天,社会进步多快呀,今天中国的老百姓多有见识多现实啊。结果,使用洗涤液的习惯确实养成了,但等到老百姓需要自己掏钱买洗涤液的时候,却是哪个便宜买哪个，才不上外国人的当呢。"

下面有人忍不住笑出声来。吴冶平也跟着笑了一下，说："更有甚者，中国人别的本事不敢吹，山寨的水平超一流，洋品牌还在做免费推广呢，这边山寨就出来了。结果就不用说了。推出'免费'计划的那个国外品牌，因为按照'羊毛出在羊身上'的惯例，必须在后期收回'免费'的成本，价格肯定高于一般品牌，更远远高于山寨，在提供无数选择的当代，自然无人问津，遭遇彻底失败，血本无归。但是，大家知道，腾讯推出免费的QQ之后并没有倒闭，它们到现在依然'免费'，一直'免费'。不仅如此，腾讯后来还推出微信。微信不仅发短信免费，而且打电话也免费，还有免费视频、免费留言等，简直可以把三大电信运营商挤垮。问题是，既然都免费，腾讯靠什么生存呢？对，他们靠'创新'，靠颠覆传统的盈利方式。马化腾打破传统'羊毛出在羊身上'的盈利模式，创新'羊毛出在狗身上'的盈利格局。这不是一般技术层面的创新，而是经营理念、盈利模式的彻底颠覆与完全创新。这种创新是根本性的、颠覆性的。这种创新比苹果颠覆诺基亚更彻底、更猛烈，因此也就更可怕。技术创新是量变，盈利模式创新是质变。好，我们现在请大家想一想，腾讯推出免费QQ和免费微信，不收费，那么，他们靠什么生存？靠什么盈利？或者说，他们的盈利渠道在哪里？马化腾是商人，虽然偶尔也做慈善，但他不是职业慈善家，马化腾绝对不会做赔本的生意。再说，这么大的赔本生意，腾讯也赔不起，他一定有颠覆传统赚钱方式的创新盈利方式。下面，我请同学们帮我找一找，数一数，看看有多少条'狗'在为腾讯的免费QQ与微信出'毛'。或者不是'狗'，是牛，是马，是骆驼，都行，请你们都把它们找出来。"

吴冶平停下来，扫视着全场的同学。他眼睛没有在付安琪和徐文娟那里停留。这次他不打算请她们俩解围。他不需要解围。老师给学生讲课，不能总是靠班长或学习委员解围。吴冶平相信课讲到这里，没有人解围，他也能突破重围。

果然，一位同学说："是广告收入吧。"

吴冶平冲着这位同学点点头，同时从对方的气质和神态判断，该同学应该就是总裁班的班长，起码是他们班为数不多的真正的总裁之一。

"很好。"吴冶平说，"广告收入。"

吴冶平转身，在黑板上写下"广告收入"几个字。

"还有呢？"吴冶平眼睛看着大家问。

刚才回答问题的那位同学可能确实是班长，因为他的带动作用比头先的付安琪和徐文娟更给力，同学们居然开始"抢答"起来。很快，白板就被吴冶平写满了。

吴冶平数了数，共十六条。

"好了，"吴冶平说，"谢谢大家。到底是总裁班，智商就是不一样。说实话，你们的水平比我高，我想象不出来这么多条'狗'来。今天时间有限，如果让大家继续想，我相信你们还能找出更多的'狗''牛''马''猪''兔'和'骆驼'来。我想补充的一点是，在大数据时代，免费的QQ和微信，掌握着每个人、每家企业、每个机构的短信、对话、留言、图片、视频等等，腾讯除了获得诸如广告收入这样能看到的'毛'之外，还可以在政治、军事、经济等方面收获我们看不到也无法估量的大量的'毛'。有些，他们可能暂时还没有开发或利用，有些，他们或许已经开发利用只是你不知道罢了。好了，今天我和大家的分享就这么多，我要告辞了，还有另外的活动要出席。预祝你们今天的聚会成功愉快。谢谢大家！"

大家不约而同地起立鼓掌。付安琪边拍手边移动到吴冶平身边，说："不能留下来和我们一起吃饭吗？大家意犹未尽呢。"

　　吴冶平抬起手腕看看表，说："下次吧，下次一定。"

　　徐文娟则没有往前凑。她在班上的排名靠后，分量不够。再说，事先说好了，暂时不在同学面前透露吴冶平是她舅舅，只说吴冶平是付安琪的一个"朋友"。所以，这时候徐文娟缩在后面，远远地看着付安琪、班长、副班长等数个货真价实的总裁们将吴冶平送至门口，送上车，挥手道别。

5.3

吴冶平当然没有"另外的活动"。他一个内退在家的人,连"小弟"林中都不向他"汇报工作"了,哪里还有什么"另外的活动"等着他出席?但吴冶平也不是故弄玄虚,而是知趣。吴冶平之前在职的时候,担任深皇集团主席助理兼办公室主任,也兼任一些社会职务,经常代表集团主席出席各种活动。每次出席这类活动,他都发现一些受邀出席活动的退休老同志说起来就没完没了,也不怕遭年轻人的嫌。所以,从那时候开始,吴冶平就暗暗告诫自己,等自己将来退休了,如果再被邀请出席这样的活动,一定要知趣,千万不能逮到机会就说个没完。吴冶平经常提醒自己,做人一定要知趣,作为老人更应该知趣,作为无职无权并且也没有位高权重的子女的老人尤其应该知趣，切不可给鼻子就上脸，要学会见好就收，不要等到言多有失再自讨没趣。

可惜，吴冶平虽然做好了思想准备，但他内退之后，并没有人请他出席任何活动。估计因为他在位的时候仅仅是企业的高管，因此没有"余热"可以发挥吧。今天好不容易获得一次机会，吴冶平终于让自己实践了一把"知趣"。

"知趣"的代价是他没有来得及接受付安琪女士的"讨教"。这其实才是他醉翁之意的"酒"啊。

不过没关系，吴冶平已经布下套子。他刚才讲课的时候，特意卖了个关子，他相信，用不了两天，付安琪肯定会主动找他。付安琪不一定已经对他动心，但肯定在意自己企业面临的风险，既然吴冶平把她企业的风险说得那么耸人听闻，付安琪肯定不会一点都不担心。只要她担心，即便她对吴冶平这个人不感兴趣，起码也会对他的思想感兴趣，对他"已经考虑好的对策和化解危机的方式"感兴趣。

吴冶平相信付安琪和林中一样，是个以事业为重的人，所以，他"套住"付安琪的方式只能是"事业"，不能跟年轻人拼身体、拼魅力，唯有"事业"，才最能打动付安琪。吴冶平现在需要做的，就是整理出一整套思路，一旦付安琪与他讨论这个话题，他就能"脱口而出"，头头是道，既帮她解决实际问题，又能给她留下更好的印象。到那个时候，吴冶平再看准火候，伺机出击，把窗户纸捅破。

可是，两天过去了，付安琪并没有主动联系吴冶平。吴冶平心里焦急，却又不好意思主动给对方打电话，上赶着为人家提供"免费咨询"。甚至，他都不好意思从外甥女徐文娟那里打探付安琪这两天在忙什么。他告诫自己要沉住气，一定要沉住气。

吴冶平果然能沉住气，但沉住气的日子特别难熬。

难道自己把她得罪了？应该不会，当老板的人，尤其是大老板，哪能连个善意的玩笑都承受不起。

难道她不需要自己为她的企业把脉了？这倒有可能。自己故意以举例的方式指出她企业所面临的危机，却没有说出解除这种危机的法子。本以为可以用这种方式把付安琪套住，没想到人家早看透了你的把戏，故意不来"讨教"，故意要让你着急，看你怎么办。

这么想着，吴冶平就体味到了久违的温馨，就猜想付安琪是在跟他使小性子、撒娇，就想象付安琪已经把他作为"对象"了。

是吗？

他不敢肯定，就想找个人聊聊，最好是找一个能分享他心中这份喜悦的人。

找谁呢？

当然不能找徐文娟。尽管徐文娟是他身边最亲的人，并且徐文娟还是付安琪的闺密，但这种事情，吴冶平怎么可以对自己的外甥女说呢？差着辈儿呢。

找林中也不行。尽管林中是他"兄弟"，平辈，并且这种"分享"的话题在两个男人之间是最容易产生共鸣的，但是吴冶平又明显感觉这话不能对林中说。为什么呢？不知道，反正就是不能跟林中说。关于林中，吴冶平觉得很奇怪。有时候，他感觉林中与自己的关系很近，比一般的亲兄弟都近，毕竟他们的利益是联系在一起的，是"一致行动人"或"利益共同体"。假如林中遭遇什么不测，这个世界上最痛苦、最伤心的人可能不是林中的老婆，而是他吴冶平，因为吴冶平的损失甚至比林中的老婆更大。但是另一方面，吴冶平又感觉自己的心与林中之间的距离很远,远到每讲一句话都要权衡再三,只要他们一碰面,就好像来到舞台上,开始演戏,而且是一场正式的演出,必须事先充分准备好台词,一句都不能出差错一般。怎么会这样呢?吴冶平自己也解释不了。大概就像中国和美国的关系那样吧,说起来是"新型大国关系",相互依存,其实必须时刻提防着对方。所以,像吴冶平对付安琪这样的"男人的烦恼",他是万万不能对林中说的。

可是,在深圳,除了徐文娟和林中,吴冶平还能对哪位说说心中的烦恼,讨教应付的对策呢?

吴冶平忽然发觉深圳是个十分特殊的城市。他不算是个很怪癖的人,来深圳也已经二十多年了,混得不能算很成功,但也不是很差,起码算"正常"吧,怎么连一个能说说心里话、分享一下心中喜悦的人都没有呢?

吴冶平是个善于反省的人,但这次反省的结果是,这真的不怪他自己。

他设想一下,倘若不是在深圳,而是在其他任何城市,生活二十多年,无论如何,总得有几个能说知心话的人,唯有在深圳,没有,一个也没有。怎么会这样呢?吴冶平不知道别人是不是都这样,但至少他自己是这样。吴冶平虽不敢称自己是特别合人缘、特别容易与人相处的人,但他相信自己绝对是个"一般"的人。那么,是不是说,在深圳,"一般"的人都是这样呢?

这么想着,吴冶平就有点怀念自己的家乡。如果在家乡,不要说找一个人,就是他找十个人,估计也是分分钟的事情。亲戚、朋友、同学、同事、发小、邻居,甚至亲戚的亲戚,朋友的朋友,同学的同学,只要对方是个能说上话的男人,吴冶平都可以和他聊聊,而且,对方也一定乐意和他聊聊。

不一定是因为在老家亲戚朋友多,而是因为老家的人生活在现实中,不是生活在舞台上，老家人防范心理不会这么强，老家人生活不会这么急急忙忙、来去匆匆，老家人还有时间、有兴趣"八卦"，还关心别人的儿女情长和张家长李家短。

曾几何时，这也是吴冶平特别喜欢深圳的地方。吴冶平不喜欢被人太关心。过分的关心，就等于被剥夺了自由，包括内心的自由。远的不说，就拿自己与周本兰离婚和从深皇集团内退这两件事情来说，如果在老家，还不被亲戚朋友说翻了天？可是同样的事情，放在深圳就完全没有引起任何人的关注，吴冶平完全按照自己的意愿离婚、内退，没有引发任何波澜，连一点点小小的议论都没有。深圳人自己的事情都忙不过来呢，哪有闲心管他的事。可是，这才几天，吴冶平怎么就忽然不喜欢深圳这种氛围了呢？完全不被任何人关注，或者说，自己的喜怒哀乐完全与别人无关，这不等于失去人的社会性了吗？这样的生活，还是"人"的生活吗？

烦。

这个问题不能想，想了没有实际意义，除非吴冶平打算回老家生活。他打算回老家生活吗？不想。回到老家，有亲情了，但亲情不是完美的，一定有更多、更大的烦恼和不适应在等着他。既然不想回老家，既然离不开深圳，那就只能强迫自己接受这座城市的缺点，不能只享受优点而拒绝它的缺点。这不现实，也根本做不到。

等等，吴冶平想，别得意，也许情况相反，付安琪根本不是在我面前使小性子或撒娇，更没有把自己当成"对象"，恰恰相反，她是真生气了。

为什么会真生气呢？作为一个企业家，付安琪不可能这么小气，那么，只有另外一个可能，就是她看出我在她面前耍小聪明了。

对，一定是这样。

吴冶平有些懊恼，想起自己当年教导林中不要耍小聪明，怎么自己也耍起小聪明来了呢？耍小聪明的本质是高估自己，低估对方，如果你认为对方比你聪明，你还敢在他面前耍小聪明吗？所以，老板最讨厌在他面前耍小聪明的员工，领导也最讨厌在他面前耍小聪明的部下。因为，你在老板和领导面前耍小聪明，等于你认为自己比老板和领导更聪明，但你真的比上司更聪明吗？即便如此，你也不能这么想，更不能这么说，你在他们面前耍小聪明，不等于是大声说出来了吗？领导或老板能容忍你吗？

吴冶平扪心自问：自己是不是小瞧了付安琪？

是。确实是。

以为她一个弱女子，突然接手一家实体企业，肯定束手无策，迫切需要像自己这样有经验的人辅佐，最好能让付安琪对他吴冶平产生依赖，甚至从依赖发展到依恋，然后一切顺理成章，自己收获一段金色的"中年后"的爱情，开创一段新生活。看来，是自己把问题想得太简单了，把付安琪想得太简单了。在深圳，一家资产过亿的实体公司老板，哪怕是继承来的或者干脆是骗来的老板，都一定不简单。吴冶平以为付安琪简单，恰恰说明他自己简单，简单到近乎天真的程度。当初以为林中简单，吴冶平反省自己是利令智昏，今天以为付安琪简单，不用反省，用屁股想也能想出来是"情令智昏"。

5.4

华良俊来了。

他给吴冶平打电话,说昨天就来了,刚忙完,明天一大早就回去了,所以这次就不见面了,特意给吴冶平打个电话。

这种情况之前也有,华良俊经常来深圳,来多了,也就算不上"客人"了,吴冶平也无所谓,经常就是说行,随意,不见就不见吧。但是,这次例外,吴冶平说不行,我正好有事找你。华良俊流露出有些为难的意思。

吴冶平说:"你不是明天早上再走吗?这么晚了总不会还有什么安排吧?有安排也推掉。你住哪里?我去见你。"

半个小时后,俩人在酒店大堂会面。

华良俊没有把吴冶平带到房间，而是在二楼咖啡厅找了个位置。吴冶平有些意外，感觉在咖啡厅不如在房间说话方便。但想到客随主便，既然在酒店，他自己就是"客"，一切听华良俊的吧。

华良俊有些心不在焉，看来他真的有事，吴冶平只能长话短说，先声明，只占用半小时，华良俊看看表，点点头。

吴冶平简单把自己与付安琪的事情说了。

事先声明起了效果，华良俊情绪安定了一些，表现为注意力比较集中，认真听吴冶平讲述。

听完之后，华良俊问："你们到了哪一步？"

"什么哪一步？"吴冶平问。

"上床没有？"华良俊问。

吴冶平拼命摇头，说没有。

"谈婚论嫁了吗？"华良俊又问。

吴冶平还是摇头，还是说没有。

"那你找我聊什么？"华良俊继续问。

是啊，我找你聊什么？被华良俊这样一问，吴冶平也糊涂了。

但是，他很快清醒过来，说："聊心中的苦恼啊。明明我下了一个结实的套子，可她硬是不往里面钻。到底是根本瞧不上我？还是已经把我当成'对象'，在故意使小性子、撒娇呢？我总得弄个明白呀。"

"不往里面钻就对了。"华良俊说，"你以为她是十八岁少女呢？你说的那个什么付安琪，有四十了吧？"

"四十二。"吴冶平说。

"经历过婚姻和生死离别吧？"

吴冶平点头。

华良俊摇头。

"你摇什么头？"吴冶平问。

华良俊说："你想找个伴没错。我哪次不是劝你赶快找个伴？或者你不想找个伴，只想找个人陪陪也行，我还是支持你。可你既不是找老伴，也不是找小妹妹，偏偏找一个两头不靠的，而且是个最不该找的女强人，你让我怎么说？"

"该怎么说就怎么说，要不然我找你聊什么？"吴冶平说。

"好，我说，我有什么说什么，实话实说。"

吴冶平冲着他认真点头，表示就是这样，他希望华良俊实话实说。

华良俊说："当初你跟那个什么林中合作的时候，我就从心里不赞成，但我不好说，不敢说，怕我一说出来，你怀疑我不想借钱给你，找借口，所以我不能说。现在，我钱也借给你了，你也把钱还给我了，我终于可以说了，你说你是不是吃饱了撑的？不愁吃、不愁穿、不愁住、不愁玩，守着深圳的两套房几十万存款还有退休金，多么悠闲自得的生活啊，干吗自寻烦恼投资工厂呢？投资没有风险啊？就算一半的风险，成了，对你没有任何意义，亏了，你不是自寻烦恼吗？而且，你自己又不掌握订单，不得不依靠别人，这里面有多大的合作风险啊。那个林中算是不错的，他要是黑心，把你卖了你都不知道。"

"他敢！"

"他有什么不敢？你还真打算和他拼上老命啊？真打算让我充当黑社会呀？"

吴冶平不说话，在喘气。

"算你走运，"华良俊接着说，"林中没让你血本无归，你也没让我充当黑社会，这是最好的结果了。可是，又怎么样了呢？当初如果你不投资工厂，拿手上的百十万闲钱再按揭一套房，现在深圳三套房快两千万了吧？超过分红了吧？"

吴冶平更大幅度地喘气，喘了一会儿，突然说："别扯远了，今天我们说付安琪的事，别扯到林中那边，时间有限。"

说完，吴冶平指指手表。

"行，就说付安琪。"华良俊说，"直接一点说，不合适。往重说里，你这是自作多情、自寻烦恼、自找麻烦、作茧自缚。自始至终，从上次电话到这次见面，我都听到你对她怎样怎样，怎么一句也没听到她对你有什么表示？她到你家是因为你外甥女，不是因为你。她请你出席活动是因为他们'总裁班'搞活动需要救急，同样不是为了和你接触。你精心布置下的套子，你以为她没看出来？好，即便人家没看出来，往你套子里面钻了，打电话请你为她的企业把脉或出谋划策了，也还是为了她的工厂，根本就不是为了接近你。好了，现在人家识破你了，连这样的机会都不给你了，你还在这里瞎操心什么呢？"

"有烟吗？"吴冶平问。

华良俊把烟掏出来，递过去，同时提醒：这里不让抽烟。

吴冶平平常并不抽烟，这时候听华良俊这样说，瞟一眼墙上的禁烟标志，还是伸手把烟接过来，抽出一根，并且煞有介事地在手表上磕起来。

华良俊也不制止，大不了罚款。

但是，吴冶平并没有把烟点着，磕好了之后，横过来，放在鼻子下面来回地嗅，仿佛他是一个老烟鬼，被禁烟令憋得实在受不了了，靠闻闻香烟的味道来过瘾。这样闻了一会儿，华良俊终于忍不住，看看表，说："说话算话，时间到了。不瞒你说，房间有人等我。"

"知道，"吴冶平说，"你一把我往这里领我就知道啦。快说，给句话我就走。"

"很简单，真诚一点，别玩花招，直接打电话给付安琪。行就行，不行更好，你就一面过你的悠闲日子，一面寻找合适的老伴。听我的，没错。"

说完，华良俊就起身。

吴冶平摆摆手，让他快走。他自己要再坐一会儿，定定心，捋捋思路。

第 6 章　Chapter 6

"为你好"

6.1

吴冶平给徐文娟打电话,表面上是关心外甥女,其实是想从她那里获悉付安琪的最新消息。

绕了几个弯,吴冶平终于说到正题。徐文娟说,付安琪出国了。

吴冶平长长舒了一口气,心里想,难怪呢。同时再次感悟,人生的绝大多数烦恼,确实都是自找的。比如这次,他只要直接打个电话给付安琪,或者如果不好意思直接给付安琪打,给自己的外甥女打个电话,不就什么问题都解决了吗?可自己偏偏绷着,还跑到宾馆找华良俊解惑答疑,不是舍近求远自己找弯路走吗?

"哦,"吴冶平假装不经意地说,"她去国外了?什么时候去的?

去哪里？怎么这么急？"

"走好几天了，"徐文娟说，"去美国，还不是因为你。"

"因为我？"吴冶平又惊又喜。看来华良俊这小子瞎说，还说我自作多情呢，等会儿专门打电话骂这小子一顿。

"是啊，"徐文娟说，"那天您指出她企业的隐患之后，付总很重视，第二天就订机票去了美国。说您讲得对，她不能蒙在鼓里，所以要赶快去美国公司看看，实地感受一下对方有什么新动向。怎么，您不知道吗？"

"啊？哦，是。她是说要去美国。我对她说过。她一直说要去，总是这理由那理由耽搁了。这次真去了？"吴冶平打哈哈。同时心里想，华良俊这小子说的也未必全错，付安琪既然是听了我的讲课才决定去的美国，走之前怎么不跟我说一声呢？起码，我能给她一些建议嘛，比如从哪些角度考察客户的新动向，才能判断对方是不是有什么新动作。她这样连招呼都不跟我打，直接跑过去，是不是尊重我且不说，起码是没有什么效果嘛。

"真去了。"徐文娟说，"可能快回来了吧。"

"哦，是。哎，你自己怎么样？"吴冶平问。

"我很好，"徐文娟说，"就是厂里出了点小麻烦。"

"什么麻烦？"吴冶平问。其实不用问也知道，中荣并入德邦之后，两家工厂加在一起，一百多人，哪里能不出麻烦。所以，无论厂里出现任何"小麻烦"，吴冶平都认为十分正常，他也并不关心，所以他从来不问，但既然外甥女主动说起了，作为股东，他不得不问一句，否则，就太显得不关心自己的工厂了。这种印象传递给徐文娟，形成负能量，也会影响她的工作积极性。

徐文娟说，昨天一大早，两个女工上了楼顶，扬言要自杀，闹得沸沸扬扬，还惊动了警察，成了当地的新闻。

"啊？这么严重？是什么情况？"吴冶平大吃一惊。这可不是什么"小麻烦"啊，自己虽然辞去了董事长和法人代表职务，但具体手续还不知道办了没有，这要是真闹出人命来，自己的麻烦就大了。

详细的情况徐文娟也不是很清楚，只大概了解是因为其中的一个女孩被主管调戏了，她表姐不依不饶，趁机狮子大开口，向工厂索赔，因为要价比较高，林中没同意，结果，表姐拉着表妹爬上楼顶，扬言要跳楼，事情就闹大了。

吴冶平仍然感觉徐文娟不开窍，这么大的事情，如果不是自己今天主动打电话跟她聊起来，她都不知道主动告诉自己一声。如此，她算一只什么"眼睛"呢？问题是，吴冶平还不能批评外甥女，一是要保护外甥女的情绪，二是如果这次吴冶平批评她了，下次屁大的事情，徐文娟都向他汇报，还不把他烦死了？所谓"开窍"，就是她自己应该知道哪些事情重要，必须向舅舅汇报，哪些事情不重要，不必打扰舅舅。这种能力，多半是天生的，哪里能靠吴冶平一件事一件事地教呢？吴冶平决定给林中打个电话，顺便问一下公司法定代表人变更的事情办好没有。于是，结束了与外甥女的通话，吴冶平开始拨打林中的电话。

吴冶平给林中打电话好像还有些为难，主要是心情。以前一想到给林中打电话，他就有些兴奋，现在同样想起给林中打电话，吴冶平就有些沮丧，振作不起来。怎么会这样呢？

不管了，心情好要打，心情不好也要打，反正这个电话一定要打，管他心情好不好。

电话响了几下，没人接。吴冶平主动把手机掐了。

这是他的"架子"，吴冶平不能像推销保险的那样死缠烂打，一直等着对方接了电话才收手。吴冶平给林中打电话，一般是响三声，最多五声，就主动把手机掐了。这就是"分寸"。既然响五声林中都没接，那么对方一定是不方便，或许恰好不在手机旁边，自己如果让手机继续响，就显得与对方通话的心情很迫切。有必要吗？先掐掉，等对方方便的时候再打回来，不是显得自己知趣而且底气十足吗？从对方主动打回来的间隔时间，也能判断他对你的态度。

还好，只等了一小会儿，林中就把电话打了回来。

吴冶平一接，就迎来"大哥你好"的问候。

热情依旧，久违的亲切。

林中主动解释说自己在成都参加行业年会，会场上不方便接电话，发觉手机震动后，见是大哥的电话，就走出来了。

他问大哥有什么事，请讲，请讲。

吴冶平被他的热情温暖了一下，立刻想到林中其实有许多优点，比如始终保持高昂的热情，这就不是每个人都能做到的。看来，华良俊说得不对，他只用一般的标准来评判吴冶平与林中合作这件事，没有考虑到吴冶平内退之后一个人在深圳多么孤独寂寞，客观上十分需要林中的这种热情与恭敬。合作投资，不能只算经济账，还要算感情账和精神账。尽管从经济上说，投资办厂的收益还不如死守房产，当初如果不投资林中，吴冶平拿手上的闲钱再供一套房子，现在手上的三套房子，总价肯定比在林中那里的股价高，但谁知道深圳的房价会这样非理性狂飙呢？万一房价不但不上涨反而下跌了呢？华良俊说得轻巧，他自己如果真有那么神，怎么没想到在深圳买几套房子呢？凭华良俊的实力，如果早几年在深圳买十套房，不是比成天跟在校长们后面跑腿更好？事后诸葛亮，谁都会。

吴冶平没有问女员工跳楼的事情，只问变更法定代表人的手续办好没有。

林中说："正在办，估计快了吧。"

吴冶平问："现在办到哪一步？"

林中说具体他也不清楚，等他回去之后，再催问一下中介的熊总。

吴冶平说："好，要抓紧，你辛苦了。"

吴冶平以为通话可以结束了，林中却没有回答"不辛苦"，而是略微停顿了一下，说："还有一件事，我正要对大哥说呢。"

吴冶平以为是女工跳楼的事情，谁知林中却说："找一次中介不容易，不如这次把增资的事情也顺便办了吧。"

吴冶平说好啊。

当初为了少缴税，公司的注册资金只有一百万，而吴冶平先后投资了几百万，为了凑成百分之二十的股份，资料上只写成二十万。这一直是吴冶平的心患，但他不好意思说，否则就显得自己多心或小气了，好在他是拿固定分红，实际出资多少私下里和林中另有协议。林中不主动说变更公司注册资金，吴冶平也不好意思提，林中主动说，当然最好。

林中问吴冶平有什么具体意见，比如注册资金变更为多少比较好。

吴冶平说自己没有任何意见，一切你酌情处理。

这不是客气话，也不是吴冶平在表达自己对林中的信任。吴冶平对林中的信任，不需要表达，行动已经充分证明了，还需要用语言"表达"吗？什么叫信任？给钱就是信任，不给钱就是不信任。吴冶平为支持林中，已经倾其所有，连自己的房产都卖掉和做抵押了，又从小学同学华良俊那里借了五十万，这种信任，还不够吗？还需要用语言"表达"吗？所以，吴冶平此时说"没有任何意见"，完全是心里话。再说，吴冶平不说"一切你酌情处理"还能怎么说？他是不是这样说，林中都会自己"酌情处理"的，还不如说句漂亮话让双方都开心。

当然，假如林中硬逼着吴冶平说说自己的"意见"，那么吴冶平当然希望一步到位，把公司的注册资金从目前的一百万变更到与他实际出资相匹配的金额。比如他实际出资三百万，占公司注册资本的百分之二十，那么，如果公司的注册资金变更到一千五百万，最合理、最理想。但林中并没有硬逼着吴冶平表达意见，所以吴冶平也就没有说。无所谓，有一条可以肯定，林中说变更公司的注册资金，总归是往大变，不会往小变，即便不能一步到位变更到一千五百万，先变更到一千万，甚至变更到五百万也好啊。所以，吴冶平没有表达任何意见，只是让林中自己"酌情处理"，是最实际、最得体、最明智的做法。

为了不耽误对方开会，吴冶平主动结束了通话。关于工厂女工跳楼的事情，他只字未提，也不需要提。这属于工厂日常管理的事，既然工厂交给林中全权管理，吴冶平认为自己的最佳处理方式就是不管不问，免得让林中分心，也显得自己大度。

6.2

吴冶平真的"大度"吗?

也不见得。

对华良俊在宾馆"教训"他一番这件事,吴冶平就没有完全放下。

他认为华良俊太自以为是,并且他发现,一切得罪人的事情,都是源于嘴,所以古人才总结出"祸从口出"。华良俊在宾馆咖啡厅对吴冶平的一番"教导",虽然情真意切,完全是为了他好,也没惹什么"祸",但还是让吴冶平心里不爽,想着什么时候轮到你小子来教训我了?好在吴冶平是个善于自我反省的人,他马上就从华良俊身上看到自己,反省自己在林中和付安琪面前是不是也"自以为是"了。

吴冶平回想起自己在与林中交往的过程中，一直以"大哥"自居。当初，自己在深皇集团担任高管，林中是供货商，当然把他视为"大哥"，甚至不仅是"大哥"，就是吴冶平要当"老子"、当"爷爷"，也没问题。不是说搞推销的人都是"孙子"吗？既然林中是"孙子"，那么吴冶平当然就是"爷爷"。但是，现在基本面发生变化了，发生根本变化了，好比一家上市公司被另一家公司收购，连主业都变了。吴冶平已经不是林中的客户，相反，他还依靠林中赚钱，如果吴冶平没有及时转变观念与态度，仍然把自己当"大哥"，把林中当"小弟"，就难怪对方不再向自己"汇报工作"了。

至于付安琪，情况更糟糕。

吴冶平和华良俊是从小一起光屁股长大的同学和朋友，当年华良俊把学生的肚子搞大，是吴冶平费尽心思、劳心劳力帮了他不少忙。后来吴冶平投资林中，资金不够，他一个电话，华良俊二话没说几十万就打过来，连个借条都没要，两个人是什么样的关系？就是这样的铁关系，华良俊出于好心，说了两句，吴冶平心里尚且不高兴，那么，他自己有什么资格那样咄咄逼人地给付安琪下"猛药"呢？付安琪毕竟是资产过亿的大企业家，有容乃大，没有当面表达不开心，但从当晚活动结束之后她没给吴冶平打个电话表示感谢，第二天去美国之前也没给吴冶平打个招呼，可以看出，她不高兴了。

罪魁祸首是"为你好"。

"为你好"像一面大旗，举着它，你就仿佛站上了道德制高点，就可以理直气壮地口无遮拦，说出表面上冠冕堂皇，实质上非常不得体、不礼貌、不周全的话。比如自己讨厌华良俊说的那些话，认为华良俊是站着说话不腰疼，没有设身处地站在自己的立场上，没有仔细考虑他吴冶平的实际情况和内心感受，自以为反正是"为你好"，就可以不考虑说话的方式和语气，怎么痛快怎么说，还自认为这是给好朋友上"猛药"呢，结果伤了别人都不知道。吴冶平反省自己，他自己对付安琪不也是这样吗？

"为你好"的前提是自以为是。自以为自己比对方高明，甚至把自己当成救世主，所以才敢高举"为你好"的大旗，理直气壮地"教训"对方。

吴冶平想，你华良俊真的比我吴冶平高明吗？你华良俊知道我的具体情况吗？你不知道，就敢瞎教训，真是彻底的自以为是啊。说是为我好，其实是让我花钱买嘲笑，我能听你的吗？再说找"老伴"，不就是找个保姆型的老婆吗？你华良俊以为我没想过吗？没尝试过吗？你以为没文化、没思想、没姿色、没年龄优势的老女人就一定是贤妻良母吗？错啦，大错特错啦！有文化的女人未必一定善良，但至少会有底线，比如像付安琪这样的女人，即便做不了贤妻良母，至少不会惦记我的财产，即便不能完全守身如玉，但至少不会为了钱跟别的男人牵扯不清。难道我吴冶平没遇到过不贪钱的异性吗？但对这种女人，我会更加警惕。"不贪钱"也是有前提的。除非像付安琪这样比我更有钱的女人，才可能真正做到"不贪钱"，否则，对方明明没钱，却表现为"不贪钱"，说明什么？说明对方是个有心计的女人，"不贪小利必图大谋"。

当然，这些经验属于吴冶平的隐私，即便对华良俊这样的铁哥们儿，他也从来没有说过。既然没说过，华良俊当然不知道，就以为吴冶平依然是当年一本正经的"股长"，就想到在"为你好"的大旗下，开导吴冶平放弃付安琪，玩一玩之后找一个老伴结婚。

经这样冷静一想，吴冶平并不怪华良俊，还是那句老话，千错万错，都是自己的错。要接受教训的，不是别人，正是自己。

吴冶平知错就改，马上就给华良俊打了电话。他效仿林中的风格，上来就说："谢谢啊，老弟。"

吴冶平的客气让华良俊听糊涂了，心里想，你小子这是怎么了？借五十万给你，利息都不要，你连一个"谢"字都没有，今天怎么突然对我说"谢谢"了？

"不一样，"吴冶平说，"借钱的事情不能说'谢谢'。我说'谢谢'，指你昨天对我说的那些话。忠言逆耳，当时听了不舒服，回头一想很感动，所以'谢谢'。"

说完，吴冶平又觉得有些假，言不由衷，于是赶快遮掩，转移话题，说："借钱当然也很感激，但你我之间，'谢谢'说不出口。换位思考，如果你找我拿五十万，我也不会要你说'谢谢'，你说了，我反而觉得见外。"

华良俊说："好，我当真了。最近我生意不是很好，真打算买点房产。"

"好啊，到深圳来买，我们成邻居。"

"那地方我不喜欢，房价太贵了，买不起。"

"那你打算买哪里？"吴冶平问。

"南京。房价低，离家近。"

吴冶平一听，还真是，我怎么没想到呢？是不是我也跟这小子一起在南京买套房子养老呢？

"可以啊，"吴冶平说，"你这么一讲我也动心了。要不然我也搭你的便车，跟你在南京买一套？"

"真可以考虑，"华良俊说，"好几个校长都有你这个想法呢，包括周本兰的前夫。"

"什么？你说什么？"吴冶平心里想，你糊涂了吧？周本兰前夫不是我吗？

华良俊静了一会儿。

吴冶平小心地问:"周本兰和毛友贵离婚了?"

华良俊回答是,他们离婚了。

"什么时候的事?"吴冶平又问。

"刚刚,"华良俊说,"上个月吧。"

"为什么?"吴冶平再问。

华良俊不回答了,心里想,我怎么知道。

"上次来你怎么没说?"吴冶平继续问。

"我也是回来之后才知道的。"

吴冶平没再追问,他的心沉了一下。

6.3

吴冶平原本打算先给华良俊打电话虚伪一下,表明自己接受他的"为你好",然后再打付安琪的电话,亡羊补牢,收回一些自己的"为你好",可华良俊却告诉他周本兰离婚了,吴冶平的心顿时乱了,连给付安琪打电话的心情也没了。

他首先想到的是儿子。

儿子这次又要承受多大的打击啊。

当初自己和周本兰离婚的时候,也不是没有考虑儿子的感受,但离婚毕竟是大人之间的事,儿子还小,不懂事,反正跟他也说不清,没法说,不如不说。再说儿子总归是自己的儿子,无论大人之间是不是离婚,儿子都不会"变种",跑不了,不如顺其自然。但"顺其自然"的结果是儿子对他的感情越来越淡,到最后几乎无话可说,已经完全不像他的"儿子"了。吴冶平刚开始还骂儿子不懂事,后来才逐渐意识到,是自己当初完全把儿子当小孩,离婚这么大的事情,直接影响儿子的实际生活,可自己却根本没有征求儿子的任何意见,连"告知"的程序都没走,所以才导致今天的结果。吴冶平感觉对不起儿子,再想弥补,已经来不及了。几经努力,无效,而且越是努力仿佛越是遭儿子反感,到最后他不得不放弃,不再奢望儿子恢复对他的亲密,只求儿子能与毛友贵和睦相处,相安无事,他就谢天谢地,获得少许安慰。可是,华良俊却突然告诉他,周本兰和毛友贵离婚了,这让儿子怎么面对?儿子能承受父母的这种变化无常吗?

其次,吴冶平非常想知道周本兰和毛友贵怎么突然就离婚了。

他们怎么就离婚了呢?华良俊不是说毛友贵在大学年代就追周本兰吗?既然追到了,一定宝贝得不得了,怎么一点先兆都没有就突然离婚了呢?

这个问题,吴冶平问过华良俊,没有得到答案。

是啊,清官难断家务事,何况华良俊还不是"官"呢。

吴冶平自己猜想,是不是毛友贵当初把周本兰想象得太好了,结婚之后,却发现不过如此,有些失望,再加上一些其他方面的不和谐,最后不得不离婚了吧。

吴冶平对毛友贵几乎一无所知,但他对周本兰比较了解。当初华良俊一捅破窗户纸,吴冶平很快就与周本兰离婚了,除了因为解决不了长期分居的问题,根本原因还是"其他方面的不和谐"。

周本兰看上去端庄秀丽,在外人看来,是"最适合做老婆"的,但鞋子合不合脚，只有自己知道。老家人形容女人比较呆板或不灵活，有一句土话叫"木捆"。结婚之前，吴冶平以为"木捆"就是呆板、不灵活的意思，跟周本兰结婚之后，他才知道老家的土话具有更深刻、更具体、更阴损的含义。除了呆板和不灵活之外，"木捆"更多的是表现在"其他方面的不和谐"。

这是一种永远说不出口的"不满意"，不能用"呆板、不灵活"甚至"性冷淡"来形容。实事求是地说，周本兰不是"性冷淡"，或者说谈不上"性冷淡"，因为周本兰并不拒绝性行为，甚至也不反感性行为，只是在这种行为进行的过程中，表现怪异。吴冶平刚开始不知道这是一种"怪异"，以为天下的女人都这样，后来，他逐渐意识到自己的老婆和别的女人确实不一样。

当然，有些情况外人并不知晓，也无法被外人说出，连吴冶平最好的朋友华良俊也浑然不知。但吴冶平知道，于是他猜想，毛友贵和周本兰的突然离婚，是不是也与周本兰的"木捆"和"怪异"有关呢？

吴冶平开始否定自己。

前不久，他还认为只有像付安琪这样比他更有钱的女人才不会惦记他的钱，甚至认为凡是比他穷的女人，一旦跟他结婚，就很难区分到底是喜欢他这个人还是喜欢他的钱。现在，吴冶平终于发现自己太武断了，太自以为是了，太虚妄了。别的人他不敢说，就说自己的前妻周本兰，假如周本兰这时候和他复婚，难道就是冲着他的钱吗？退一步说，即便周本兰是冲着他的钱，那也是为了儿子，而儿子是他们共同的孩子，相当于肉烂在锅里。那么，吴冶平想，为了儿子，我是不是应该考虑和周本兰复婚呢？

这是一个非常实际、非常严肃、非常复杂的问题，顿时搅乱了吴冶平的心智。

　　折腾了一个晚上，吴治平决定厚着脸皮找华良俊。理由是，解铃还须系铃人，当初是他劝我跟周本兰离婚的，现在我既然考虑复婚，不找他找谁？

6.4

  吴冶平把问题想复杂了,付安琪并没有生他的气。付安琪自己的事都忙不过来呢,哪有心情生吴冶平的气。

  当天晚上总裁班的同学活动结束后,付安琪确实想给吴冶平打个电话表示感谢的,可她必须先给姜之彬打电话,因为姜之彬的电话更重要,所以就耽误了给吴冶平打电话。

  姜之彬是付安琪老公施明志的同学,同时也是付安琪的同学,因为付安琪和施明志是一个班的。姜之彬后来出国了,混得不错,逐渐掌握了公司订单的发言权,于是,施明志就有了大单。如今,施明志走了,订单转交到付安琪手上,维护这个订单的任务,自然也就由付安琪来完成。

其实也没有什么可"维护"的,本来就是同学嘛。至于私下利益,付安琪当然也知道,并且会认真兑现。但是,吴冶平的话还是引起了付安琪的不安。她感觉一般的"维护"只能应对一般的风险,至于像客户公司的产品可能升级转型这样的大风险,就必须有更牢靠的"维护"。说到底,施明志和付安琪给姜之彬的那些利益,别的供应商也可以给,甚至可能给的更高。在公司没有发生诸如产品升级转型这样的大变动的情况下,老同学也不至于为了多一点利益而出卖付安琪,可一旦发生大的变化,姜之彬顺水推舟,换一个利益更大、好处更多、更方便沟通的供货商是完全可能的。

对,是沟通,关键在沟通。

付安琪感觉自己和姜之彬之间缺少沟通,或者说沟通不是很顺畅。至少,不如她亡夫施明志之前和姜之彬之间的沟通那么顺畅。

这里面有一个结。

他们学的是工科,班上狼多肉少,不仅少,而且长得不好。全班四十来号人,三十多个是"狼",只有六个女生,除了付安琪有点姿色外,另外五个连"一般"的标准都难达到。其中一个长相特别难看,被男同学在背后戏称为"画皮",起因是当时正好放映一部电影,名字就叫"画皮",电影里那个女鬼奇丑无比,与他们班那个女生有一比。尽管是"画皮",但在他们班仍然是块宝。男生未必真想娶她,但大学四年如果连一场恋爱都不谈,也太憋屈和丢人了,所以,在女生严重供不应求的前提下,"画皮"也照样有人抢。至于像付安琪这样的美女,如果四年之内只跟一个男生谈一场恋爱,则太浪费了,对其他男生也有失公允,于是,付安琪就先后与几个男生谈了几场恋爱。这其中就有姜之彬。

谈几场恋爱，并不表示付安琪"花"，恰恰说明她很单纯。

第一场恋爱是跟他们班团支部书记。当时班上许多人追付安琪，她不能每个人都拒绝，如果那样，就等于把全班的同学都得罪了，最后，付安琪选择了团支部书记。不是因为她喜欢书记，而是因为书记在他们班上"官"最大，付安琪只有答应与书记谈恋爱，才感觉最安全，才可以避免再受其他男生骚扰，才可以安心完成学业。

他们是真正地"谈"恋爱，连手都没有拉过。真的。所谓"恋爱"，就是在大家面前承认他们"恋爱"了，中午可以坐在一起吃饭，付安琪可以挑书记碗里的瘦肉吃，书记可以挑付安琪碗里的肥肉吃。晚上自习，付安琪早早去图书馆，可以用书包为书记占一个位置。周末晚上看电影，书记可以买两张电影票，可以和付安琪并排坐着看。

仅此而已，确实是连手都没有拉过。

至于二人分手的原因，实在是因为书记太土，不说普通话也就算了，连长沙话也不会说。书记说一口浓重的湘潭乡下土话，总是会引起全班哄堂大笑，却一直改不掉。付安琪不明白，湘潭离长沙这么近，口音怎么相差那么远？她感觉书记不单是"土"得可怕，可能智商也有问题，至少情商有问题。语言能力是一个人综合能力的重要部分，书记的语言能力这么差，付安琪怎敢与他生活一辈子？不如趁早分手。

付安琪下决心与书记分手的另一原因是班长的穷追不舍。

付安琪宣布跟书记谈恋爱后，确实是没人再追她了，但班长例外。

班长估计是不服气，他总是对书记不服气，心里想，班花既然能瞧得上你书记，为什么瞧不上我班长？事实上，他们班最后的两个"落后青年"入团之后，书记基本上就失去了光环。全班都是团员了，没有发展对象了，团支部书记还有什么权威？就算偶尔搞个团组织活动，风头也盖不过班长。所以，这时候付安琪与书记分手，跟班长恋爱，也顺理成章。但付安琪绝对不是那么势利的人，她与书记分手，直接原因是书记的土话令她受不了，绝对不是因为要另攀高枝。

班长是内蒙古汉子，高高大大、壮壮实实的，明显比书记更有阳刚之气。更重要的，是他说一口北方普通话，让他听上去像北京人，或南方的高干子弟。付安琪跟班长出入饭堂或图书馆也更有自豪感。

付安琪与班长的关系自然比书记更进一步，俩人拉手了。

不仅拉手了，而且拥抱了。

谁知，就是这一拥抱，让付安琪受不了了。

大约是从小吃羊肉的缘故，羊身上的那种膻味渗透到班长的骨子里。一天散影之后，班长牵着付安琪的手在湖边小树林漫步，月光下，班长一下子把付安琪紧紧揽入怀中。因为是第一次，付安琪非常紧张，也很激动，激动得连呼吸都忘了。但她总是要呼吸的，要是班长抱着她半小时不松手，难道付安琪还能半小时不呼吸？当付安琪缓过神来开始呼吸的时候，立刻感觉到比屏住呼吸更难受。因为班长比较高大，所以，当付安琪被搂在班长怀里的时候，她的脸正好贴在班长的胸口。班长的胸口很厚实，付安琪贴在上面很温暖。可是，当她敞开心扉呼吸的时候，强烈的膻味令她窒息。实在让人受不了，比书记的乡下土话更加让人受不了。闭耳不听最多就是不自在，人不呼吸就活不成，为了呼吸，付安琪也不怕得罪班长了，她使劲从内蒙古大汉的怀里挣脱出来，拼命逃跑。

付安琪与姜之彬的恋爱发生在大三。

这一年，学校按照教育部统一部署，在理工学生中选拔精通外语的人才。方式是考试，用外语试卷考学生的数理化。先分班考，挑选优胜者到系里考，最后把各系的尖子集中到学校考。他们班最后只剩下一个，这个人就是姜之彬。

姜之彬脱颖而出，成为他们班超越团支部书记和班长的最耀眼的明星，自信心顿时膨胀，以成功者的姿态，大胆、公开、猛烈地追求付安琪。付安琪招架不住，乖乖就范。

此时的付安琪已经具有了一定的恋爱经验，加上姜之彬胆大妄为，二人的关系进展迅速，不再仅限于拉手或拥抱，还上升到了接吻和抚摸。要不是付安琪最后关头突然清醒，严防死守，俩人肯定突破了底线。但除了那道防线，姜之彬对付安琪什么都做了。所以，在施明志去世之前，付安琪与姜之彬之间几乎没有直接沟通。偶尔姜之彬回国，几个人聚会，不得不互相面对时，付安琪心里还有些不好意思，现在老公走了，维护订单的任务落到她头上，让她感觉更加"沟通不畅"。

付安琪曾经一度以为这辈子她就是姜之彬的人了，但最终他们还是不得不分手。这也是一次真正意义上的"分手"，因为分手前后她很痛苦。

分手的主要原因是姜之彬的自负。

太自负了，谁都瞧不起，总认为自己是天下最聪明的人。

最让付安琪受不了的是他对她的冒犯。开口"你不懂"，闭口是"笨蛋"。付安琪可能确实不如姜之彬聪明，但也不至于是"笨蛋"啊。他们那一届的工科女生，有几个是"笨蛋"的？即便那个"画皮"，虽然长相丑，却也不是"笨蛋"啊。何况付安琪。在家里，付安琪是名副其实的"公主"，是爸爸妈妈的骄傲；在学校，付安琪是当之无愧的"班花"，怎么到了姜之彬这里，她就成"笨蛋"了呢？最后，当姜之彬的自负进一步膨胀，对她的蔑视进一步升级之后，付安琪尽管痛苦，尽管不忍心，尽管不甘心，但还是毅然决然地与姜之彬分了手。

付安琪沉寂了一段时期，一度对爱情失去了信心，直到毕业前夕，才与施明志明确了恋爱关系。

也不能说是"恋爱关系",应该算是未婚夫与未婚妻的关系吧。

此时的付安琪已经不再相信爱情了,但她不可能不结婚。她从"婚姻"的角度,而不是从"爱情"的角度,明确了和施明志的关系。

施明志的主要特点是低调,低调到给人平庸的感觉,虽然有点过分,却与姜之彬形成了鲜明的对比。这,大概是付安琪选择施明志的直接原因吧。

但事实上他并不平庸。

毕业前,系里公布了大学四年里每门功课成绩都达到85分的同学名单,谁也没有想到,名单中没有姜之彬,也没有书记和班长,他们班唯一出现在这份名单中的名字,居然是看上去十分平庸的施明志。

付安琪这时候才注意到施明志,并且她忽然发现,他们班几乎每一个男生都明里暗里追求过她,至少向她献过殷勤,唯有这个施明志,居然一直对她敬而远之。即便在路上碰到了,他好像都有意无意绕开走,与其他男生赶紧凑上来的做法完全相反。

付安琪对施明志产生了好奇,并且很快这份好奇就发展成为了好感。经理性思考和权衡,她采取了主动姿态。

这是付安琪第一次对男生采取主动姿态。本以为女追男隔层纸,很容易,没想到还费了点周折。主要是因为施明志不自信,不相信这么漂亮的班花能主动追求他,又担心便宜没好货,怀疑付安琪是被书记、班长、姜之彬破了身之后没人要了,才不得不主动追求他的。

当时正好临近毕业,大部分同学为毕业去向四处活动,已经落实好单位的干脆出去玩了,宿舍里没其他人。施明志也没明说,只含蓄地表达了自己的担心和疑问,付安琪感觉自己受到了莫大的侮辱,脸都气紫了,"呼啦"一下把衣服脱了,让施明志当场"验货",看她是不是处女。

施明志当时有没有"验货",以及怎样"验货"的细节,无人知晓,只是从这一天开始,施明志一反常态,开始追在付安琪的屁股后面跑。明明是付安琪主动的,怎么倒过来变成施明志"追"付安琪了呢?

天知道。男女之间的事情最微妙,谁能说得清楚。

后来,他们终于结婚了。

再后来,施明志就不声不响地成为老板了。

在老同学姜之彬掌握公司订单的话语权之前,施明志只是一个到处求爷爷拜奶奶找业务做的小老板,姜之彬帮他获得稳定的国际大单之后,施明志的工厂规模和效益立刻上升了几个台阶。可惜,好景不长,他还没有来得及好好享受人生呢,就突然得了不治之症。

走得非常匆忙,出乎所有同学的意料。

施明志走后,企业的重担自然落到老婆付安琪的肩上。维护与客户关系的重任,也自然由付安琪承接。可是,因为与姜之彬之间的那段经历,付安琪总是感到别扭。主要是施明志老实,即便是合法的夫妻生活,也很有节制,哪里像姜之彬,尽管付安琪严防死守,他也能把防线之外的活动开展得有声有色,"活"做得比施明志结婚之后都细。有时候付安琪会想,在自己的内心深处,到底是讨厌姜之彬还是喜欢姜之彬?到底是更喜欢施明志呢还是更喜欢姜之彬?自己的身体,到底是被施明志"开发"得更彻底呢,还是被姜之彬"开发"得更全面?

事过境迁。

此时,付安琪泡在浴缸里,准备专心给姜之彬打电话。想到明天就要去美国,去单独面对曾经对自己"有声有色"的姜之彬,她忽然有些冲动。

之前，付安琪躲着姜之彬，最大的担心是怕姜之彬企图对她重温旧梦。如果那样，她该怎样面对呢？直接拒绝，太假了吧？当姑娘的时候就被对方"开发"过了，现在徐娘半老了，还玩什么坚守贞操。半推半就，太龌龊了吧？倘若是单纯的老同学、老情人关系，也就罢了，问题是穿插着客户关系和商业利益在里面,半推半就不等于是变相的性贿赂？老同学之间，用得着性贿赂吗？老公的事业，到了需要自己用性贿赂来维护订单的地步了吗？再说，大家都是同学，是同一圈子的人，自己这样"半推半就"，也太侮辱丈夫施明志了吧？不仅对不起施明志，估计也会让姜之彬瞧不起，如果再让其他同学知道，她还有什么脸活在世上？所以，之前付安琪左右为难，干脆躲着不见姜之彬。如今，施明志走了，付安琪是不是就"自由"了呢？倘若姜之彬再对她有"重温旧梦"的表示，付安琪是不是就可以毫无顾忌地"半推半就"呢？

自己家的浴缸自己知道深浅。付安琪只放了半缸热水，身体躺下去之后，水面恰好到达溢水口，稍微晃荡一下，就能听见水从溢水口流出的响声。流出的水不多，一涌一涌的，在水管里产生微弱却清晰的回响，仿佛幽静山谷里的潺潺泉声。

浴缸里面的水很清澈，哪里像电影电视里那样满满的肥皂泡沫。付安琪能清楚地看清水中的自己，看着自己略微丰腴的身体，保养得很好，依然洁白，依然弹性十足，她忽然有一种渴望被异性摆弄的冲动。

对，是"摆弄"，不是简单的"做爱"。"做爱"，说得多好听啊，其实对大多数夫妻来说，就是"性交"的代名词。比如施明志对她，明明有爱，也明明进入她的身体了，但那是真正的"做爱"吗？她感觉那只是"性交"，和动物的"配种"差不多。相反，倒是当年的姜之彬，虽然未能得逞，也并没有进入付安琪的身体，但那种细腻的"有声有色"，让她在拒绝中体味对方的急切和渴望，在抗拒中感受自己的重要和神圣，在"不、不"中感知骨髓深处被压抑的呻吟……

在清澈温水的抚慰下，付安琪产生了幻觉，仿佛这不是在自己的家里，而是在美国的某处，在姜之彬为她安排的某个宾馆或寓所里。付安琪刚刚躺进浴缸，姜之彬就用事先准备好的另一把钥匙把门打开，悄悄地推开浴室的门，无声地站在浴缸旁边，欣赏着付安琪彻底裸露的清水芙蓉。付安琪故作闭目养神，佯装一无所知，其实姜之彬轻轻打开第一道门时，她就一清二楚。她不能主动，最多就是半推半就。当年，不让姜之彬破坏她的处女之身是付安琪的最后防线，如今，她早已不是处女了，但必须有自己的防线，没有防线就没有尊严，坚守防线就是坚守尊严，付安琪的新防线是"半推半就"。这也是她的底线。在任何时候、任何情况下，无论是为了情欲还是为了订单，付安琪都不可能对男人上杆子主动。如果那样，她就会觉得自己很贱。付安琪从小就知道，男人不能穷，女人不能贱。男人一穷，就没尊严了；女人一贱，就被人瞧不起了。所以，尽管付安琪已经做好了充分的思想准备，但她依然不会采取任何主动，哪怕是隐蔽的主动。她最多就是守株待兔，等待对方的主动的行动，等到姜之彬撕下面具急不可耐地求她时，她才假装极不情愿地半推半就。

付安琪不着急。她了解男人，男人骨子里都是色的，不管他们一开始多么道貌岸然，最后一刻终会暴露本性。

付安琪相信，姜之彬很快就会俯下身子，跪在浴缸边，把头埋进水里，贪婪地亲吻她。

当然，底线还是要坚守的，但底线也可以稍微往后退半步，从"半推半就"退守到"装糊涂"上。付安琪提醒自己，无论姜之彬把她挑逗得怎样荡漾，她都始终紧闭双眼，佯装不知。不知者不为过嘛。只要自己不睁开眼睛，就至少可以认为自己是不知情的，并非主动为之的。只要自己"不主动"，就可以理解成"半推半就"，就说明自己有底线并且坚守了底线。

姜之彬到底不是当年的毛头小伙子了。他比当年沉稳得多。他让付安琪等待了很长时间，长度超过了付安琪的预期和想象。最后，付安琪实在按捺不住了，悄悄地把眼睛睁开一道缝，却发现姜之彬像他悄悄进来那样，已经悄悄地走了。付安琪再猛地睁开双眼，彻底清醒过来，才意识到她是在自己家里，而不是在美国，哪里有什么姜之彬啊。整个家里，除了她自己，还是她自己。

虽然是幻觉，却也影响了付安琪的心情。

是啊，付安琪想，自己明天去美国，虽然想好了半推半就，但还不知道人家姜之彬是不是有这个兴趣呢。半推半就的前提是对方主动，倘若对方不主动，自己怎么"推"？又怎么"就"？"推"谁？"就"谁？

再看看自己的身体，说"略微丰腴"太宽容了，其实是标准的"中年相"，而所谓的花瓣，也已经不是玫瑰色，硬要说是，也只能算是凋谢的玫瑰色。"凋谢的玫瑰"还是"玫瑰"吗？

付安琪决定不给姜之彬打电话了，不要自讨没趣。

6.5

吴冶平硬着头皮给华良俊打电话。

电话接通,华良俊却说:"对不起,我在陪领导打麻将,过一会儿给你打回去。"

吴冶平心里骂道:什么领导不领导的?当初还不是老子的部下。

是啊,如果和周本兰复婚,肯定还是自己回去。周本兰还没退休,总不能让她临近退休了还辞去公职跑到深圳来吧?再说,周本兰的娘家情况特殊,她哪里能丢下父母自己来深圳享清福呢?如果那样,当初就来了,何必等到今天。但是,回去之后,不是一切都回到原点?还在那地方生活,还天天面对那些人。所不同的是,那些人之前是吴冶平的部下，在他面前唯唯诺诺的，如今却成了当地的领导，在他面前趾高气扬。转了一大圈，吴冶平要的就是这么一个结果？如果是这样，自己当初冒那么大的风险，付出那么大的代价，离开家乡跑到深圳干什么？如果当初自己不"下海"，如今起码是副局长了吧？副县长也说不定。自己现在在深圳混得算不上好，但家乡人并不知道，还能多少保留一点神秘感，还能多少有点"深圳人"的光环，一旦自己回去，可能连这最后一点可怜的光环也没有了。

不行。回去肯定不行。

那么，像昨天在电话里跟华良俊说的那样，去南京？

去南京肯定比回老家好。大城市，离家不远，小时候，自己不是很向往南京吗？再说，还有华良俊和那么多家乡人物做伴，不是比自己一个人在深圳好？

但是，这个画面并没有给吴冶平带来温馨，相反，他还感到一丝灰暗。

怎么会这样呢？

吴冶平首先想到的是，如果他离开深圳，工厂怎么办？虽然他现在很少去工厂，但无论是林中还是外甥女，甚至厂里的其他管理人员，都无时无刻不感觉到他这个股东的存在，一旦吴冶平离开深圳去南京了，外甥女徐文娟怎么办？是也跟了回去，还是一个人在这里坚守？她凭什么坚守？外甥女还不是关键，关键是林中。林中会怎么想？又会怎么做？还会继续把他当"大哥"吗？还能继续把他当股东吗？联想到之前经历的一切，吴冶平相信林中还不至于是那种过河拆桥的人，但距离远了，心也会渐行渐远，之后可能发生什么事情就很难说了。

另外，家乡那些老熟人、老同事、老部下就真的对他那么亲吗？别人不说，就说华良俊，从前几天在宾馆里对他的"教训"，到今天把陪领导打麻将看得比接他电话还重要，难道都是偶然发生的吗？

吴冶平感觉到了华良俊态度的变化。

自从华良俊借给他五十万之后，这微妙变化就已经产生。是不是华良俊不要利息地支持他五十万，就等于偿还了欠他的人情，就等于他们之间扯平了，就不用再像之前那样召之即来了？倘若如此，自己离开深圳回到南京，与他们为邻，和自己一个人在深圳，又有多大的区别呢？说不定还平添一些烦恼和不愉快吧。

吴冶平忽然发现，"下海"是一条不归路，当年小舅子遭遇车祸的时候自己想回去，却找不到自己的位置，今天因为想和周本兰复婚而再想到回去，倒是不需要"位置"了，可又发现没有属于他的空间了。情况更糟，更加不可行。

6.6

登机之前,付安琪没给姜之彬打电话。

倒不是想给他一个惊喜,而是不想搞得太正式,不想让对方觉得自己是"上杆子"。

付安琪假装是为其他事来的美国,或者干脆是来旅游的,只是"顺便"拜访一下老同学兼客户而已。

到达旧金山的时间是凌晨,太早了,她不想这个时候打电话把对方吵醒。付安琪准备先找家酒店把自己安顿下来,最好能睡一会儿,然后等到中午再给姜之彬打电话。但是不是中午也不一定,要看自己这一觉睡的情况。总之,来之前她确实有点急,但到了美国之后,却不急了,耽误半天一天无所谓。

付安琪这一觉睡得并不好。感觉很困，却睡不着。越是努力想睡，反而越是睡不着。她干脆把电视打开。她英文不错，但英语不好。当年学的是所谓的"科技英语"，上海交大课本，分析语法没问题，日常听说反而很差，现在看来是学"反"了。这时候看美国的电视，能偶尔听懂一两个单词，却不能把这些单词串联成一个完整的句子，自然更不懂是什么意思了。偶然听懂一句，还是根据关键词猜的。也好，这样似懂非懂更有利于入睡。果然，这样看着听着，付安琪居然迷迷糊糊睡着了。

一觉醒来已是暮时。

这个时辰，应该是下班之后晚饭之前吧？

付安琪拨通姜之彬的手机。

他果然在下班的路上。

获悉付安琪一大早就到了旧金山，事先却连个电话都没打，姜之彬一点都没觉得奇怪，更没有像国内同学那样说一些"你怎么才给我打电话"之类虚假的客套话。

付安琪不清楚这是一种冷淡还是姜之彬已经被洋化了，连虚假的热情都不会了。

这样好，省得付安琪解释和说谎了。

付安琪说如果方便，希望老同学能来陪她吃顿晚饭，如果不方便，她就自己出去找吃饭的地方。

姜之彬说："因为突然，确实有些不方便，但你是远客，优先，你在哪家酒店？我马上过来。"

真的变成"顺便"了。

姜之彬既没有认为付安琪是为他"送货上门"，也没认为她是来巩固订单的，真的以为付安琪突然来美国是因为别的事，作为老同学，既然打了电话，当然要尽一下地主之谊。付安琪也不能自己说破，既来之则安之，顺其自然吧。但她希望有所收获，总不能白来。

俩人见面，姜之彬问她吃中餐还是西餐，付安琪说当然是西餐，中餐可以回去再吃，天天吃。

姜之彬把她领进一家餐厅。

西餐好，不吵，便于说正事，也便于玩暧昧。

入座之后，姜之彬问付安琪这次美国之行的计划，打算在旧金山逗留几天。

付安琪说无所谓，这次来没什么具体任务，就当是散散心吧。

姜之彬沉默。估计他想到了施明志，想到付安琪所谓的散心是因为施明志的离世。他想安慰两句，却不知道该说什么，只能沉默。

"但也不纯粹散心，"付安琪接着说，"我还是很关心贵公司产品的升级或转型的。"

这是她临时起兴这么说的。在业务上，她玩不起暧昧，必须直奔主题，上来就把问题点破。

说完，付安琪专注地盯着姜之彬，观察他的反应。

姜之彬流露出一丝紧张，或者是一点诧异，问："你怎么知道公司要产品升级或转型的？"

因为时间非常短，灯光也不是很明亮，付安琪分不清姜之彬到底是紧张了一下还是诧异了一下，但她的目的达到了。她是美女，而且是对方曾经追求的美女，她可以采取突然袭击的方式诈对方，诈不出来就当是撒娇吧，也不会产生多大不良后果，姜之彬绝不会因为美女老同学的使诈而取消订单，却没想到居然这么容易就诈出来了。看来，美女的优势不限于能给对方诱惑，还便于使诈。

付安琪隐藏住自己的得意，决定将"诈术"进行到底。她说："你是了解我的，我与施明志的性格不太一样，我肯定有另外的渠道。但毕竟我们是同学，这份单我是认你的，所以，我必须第一时间向你求证。打电话不安全，自从你们美国出了一个斯诺登之后，我总怀疑跨洋电话都是被监听的，不是被你们这边监听，就是被我们那边监听，所以，我是专门飞过来当面问你的。"

有些美国人不喜欢中国，除了主流价值观不同之外，另一个重要原因是很多美国人认为中国人太复杂，任何事情都首先想到"阴谋论"。比如现在，付安琪临时想起来的"阴谋"，就立刻让姜之彬落入圈套。按说姜之彬也是中国人，但他来美国时间久了，不知不觉习惯了美国的思维方式。这时候，姜之彬完全没有意识到付安琪是在诈他，真的以为除了他之外，付安琪在他们公司内部还有另外一个内线，并且，该内线在公司的职位可能比他高。

"产品升级一直都是有的，"姜之彬说，"至于转型，我不知道。我负责采购这一块，研发方面我不清楚。"

"是吗？"付安琪问，"一点也没听说？"

姜之彬闭上嘴，摇头。

付安琪脑袋一转，笑着说："其实我知道你不清楚，只是给自己一个来看看你的借口吧。"

说完，付安琪不看姜之彬，眼睛盯着红酒，余光观察着对方。

这已经不是"半推半就"或"守株待兔"了，而是赤裸裸的"上杆子"了。

当然，也不一定真打算怎么样。这仍然是女人的优势。女人可以随机应变，随时耍赖。如果是男人，主动出招之后，假如对方接招，男人就没有退路，就只能把上杆子进行到底。女人则不一定，比如此时，付安琪主动抛出绣球之后，如果姜之彬顺杆子爬，并不表示付安琪一定会献身，即使上了床，她也可以临时变卦，且不需要理由。但如果倒过来，是姜之彬主动挑逗付安琪，等付安琪"半推半就"俩人上床了，他就不能临时变卦吧？付安琪此时主动突破"半推半就"或"守株待兔"的底线，"上杆子"挑逗姜之彬，并不意味着她寂寞难耐，真想和姜之彬做爱，而只是想充分发挥自己作为女人的优势。即便姜之彬接招了，作为女人，特别是作为美女，付安琪还可以随时变卦，至少，可以临时转换角色，在临门一脚的时候，反过来让姜之彬求她，然后她根据形势的发展和自己的心情决定是采取"半推半就"还是干脆拒绝。

美国的习惯或许让姜之彬变得有些迟钝，但并没有真的让姜之彬变傻，最多只是反应慢半拍。半拍之后，姜之彬似乎反应过来，但他并没有顺着付安琪伸过来的杆子往上爬，而是冷静地看了付安琪一眼，然后打起了太极，说："啊，哈，谢谢，谢谢。受宠若惊，受宠若惊。岂敢，岂敢。"很有风度，很儒雅、很淡定的样子，并没有顺杆子爬。并且这"杆子"是有弹性的，姜之彬好比做了一个准备顺杆子爬的动作，却并没有真往上爬，眼看要爬了，却突然一松手，"杆子"在弹性的作用下，反抽到付安琪的脸上，打得她自己鼻子不是鼻子、眼睛不是眼睛。

事后付安琪反省，这是怎么了？自己千里迢迢远涉重洋来到美国，不是打算顺畅与姜之彬之间的沟通的吗？不是打算巩固与姜之彬之间的关系的吗？不是希望通过顺畅的沟通、牢靠的关系打探出姜之彬的公司在产品升级或转型方面的动作或动向的吗？不是已经做好了为达目的不惜"送货上门"的思想准备了吗？怎么事到临头，突然"临时起兴"，耍起了聪明，玩起了计谋，结果，聪明反被聪明误，适得其反了呢？

太把自己当"美女"了吧？太高估自己的"美女优势"了吧？如果自己对姜之彬真诚一些，也许不至于一无所获、适得其反了吧？

付安琪有些懊恼。此一时彼一时，时过境迁，她必须摆正自己的位置，端正自己的态度，弥补自己的过失。她甚至后悔自己来之前没有认真向吴冶平讨教一番，如果她向吴冶平讨教了，或许吴冶平能提醒她，她可能不至于犯这么大的错误。

不行。吴冶平哪里知道自己和姜之彬之间的微妙关系。不知道，怎么提醒她？再说，出现这个结果也不能完全怪自己临时起兴耍小聪明，任何美女在自己曾经的追求者面前都会使点小性子，玩点小聪明，撒点小娇，问题是，自己还是"美女"吗？最多只能算是"曾经的美女"吧。"曾经的美女"还是真正的美女吗？说到底，是自己低估了姜之彬，从根本上说，是自己老了，在姜之彬面前没有魅力了，如果自己依然年轻，在姜之彬面前依然保持魅力，那么无论自己是不是一时起兴，是不是使诈，是不是自作聪明，估计他都不会是这种态度吧。

付安琪相当沮丧，不禁黯然神伤，暗自感叹，女人，哪怕曾经是班花的女人，一旦老了，就不能再把自己当美女了，也没资格当美女了。但她又似乎不服气，人到中年难道就真的一文不值了吗？即便自己主动上杆子"送货上门"，也是自讨没趣甚至自取其辱了吗？

这么想着，付安琪就觉得人活着没什么意思。有那么一刻，她简直就不想活了。不过，她很快就重新振作起来，因为，她想到了吴冶平。想到吴冶平自作聪明地给她下了那么大的套，自以为很巧妙，其实早就被她识破了。这么想着，付安琪就不禁笑了起来，就获得少许安慰，从自责、自卑、自取其辱中挣脱出来。

第 6 章

第 7 章　送股、换股起风波

Chapter 7

7.1

徐文娟给吴冶平打电话,说她要到舅舅家里来。吴冶平觉得很奇怪,徐文娟有他家的钥匙,想来就来,什么时候需要事先电话请示了?难道有什么特别的事情要汇报吗?什么特别的事情电话里面不能说,非要当面说,而且如此郑重其事,还需要事先打一个电话通知一声?

徐文娟说,不是我一个人,我还要带一个人来。

带一个人来?带谁?

徐文娟说你认识。

我认识?你的朋友圈子里除了付安琪,我还认识谁?

难道是付安琪从美国回来了?给我带来礼物?电话里面不说,非要当面说，当面把礼物打开，给我一个意外的惊喜？

吴冶平已经过了画饼充饥和异想天开的年龄，凭感觉，他认为不是。付安琪与自己已经很熟悉了，如果是她对自己有什么表示，犯不着绕这么大一个圈子通过徐文娟，毕竟，差着辈分呢。

除了付安琪，在自己和徐文娟共同认识的人当中，还能有谁呢？

吴冶平仔细一想，多呢。总裁班那么多人，自己给他们讲过课，可以说全部都"认识"。难道其中的一个和徐文娟处对象了？这可是天大的好事啊。当初自己出钱让外甥女上总裁班，考虑之一就是希望她能在班上找个男朋友，这不达到目的了吗？

行，也不用费劲猜了，谁来我都欢迎，和谁处对象我都支持。

吴冶平很重视，规格与上次付安琪来的时候一样，从家政公司请来厨师，拿出家乡邮来的特色菜。

见面之后才知道，不是付安琪，也不是总裁班的任何一个人，而是厂里的技术主管刘桐。

吴冶平有些失望。不是对刘桐失望，而是对自己的分析判断能力失望。说实话，他根本没有想到徐文娟带来的人是刘桐。早知道是刘桐，他就不这么费事请厨师了。毕竟，刘桐是自己工厂的职工，直白一点说，是给自己打工的，老板在自己家里接待打工仔拜访，不用专门请厨师吧。

刘桐倒很郑重，提了四样礼物，烟、酒、糖、茶。吴冶平立刻意识到，这不是一般的打工仔来拜访老板，而是正儿八经来提亲了。

吴冶平端起了女方家长的长辈架子，眼光向上抬了抬。

刘桐相反，脑袋向下低了低，表示谦卑。

吴冶平不是故意傲慢，他确实不是很高兴，不是针对刘桐，而是对外甥女徐文娟。心里想，处对象这么大的事情，怎么事先一点都不告诉我？招呼都不打，直接把人领到家里来，这算什么？算征求我的意见吗？如果我不同意，还能把人轰出去？毕竟，刘桐是我工厂的技术主管啊，我能把厂里的技术主管轰出家门？

技术主管？

吴冶平脑袋一亮，忽然发觉徐文娟的选择十分正确，比在总裁班挑选一位更正确。工厂的订单掌握在林中手里，自己完全插不进去，如果技术掌握在我们手里，不是有利于达成一种平衡并且能够相互牵制吗？

吴冶平对他们的态度热情了一些。

吃过饭，徐文娟让刘桐洗碗，她陪舅舅在阳台上喝茶。形式与上次吴冶平陪付安琪喝茶时差不多，内容却完全不一样。

徐文娟还算懂事，先给舅舅敬茶，然后向吴冶平解释，她今天贸然把刘桐带来，实在是迫不得已。

吴冶平瞪着眼睛看徐文娟，心里说，什么"迫不得已"？难道未婚先孕了？即便如此，也不至于急吼吼地来找舅舅啊。想结婚就生下来，不想结婚就打掉。无论是生下来或打掉，都是你们自己的事情啊，找我有什么用？我又不是医生，如今堕胎也不需要托关系走后门。

徐文娟说，林中想炒掉刘桐。

吴冶平警觉了一下，身体坐直了一点，这样，他与徐文娟之间的眼睛距离就更近了一些，问："为什么？是想拆散你们吗？"

徐文娟点点头，说："估计是，但他没有明说。"

吴冶平立刻意识到这个问题的严重性，同时理解徐文娟为什么这么急着带刘桐来见他了。

"他知道你和刘桐的关系吗？"吴冶平问。

"应该知道。"徐文娟说，"虽然我们没公开，但厂里的人大多数能看出来。估计林总应该有所耳闻了吧。"

"他的理由是什么？"吴冶平问，"他凭什么要炒掉刘桐？"

"说是重大责任事故。"徐文娟说。

"什么重大责任事故？厂里出事故了吗？你怎么没对我说？"

"我觉得根本算不上'事故'，怎么对你说。"

"总得有个由头吧？"吴冶平问。

徐文娟说，刘桐是负责技术的，每批新产品都要做实验，这次失败了，烧坏了一炉子样品，林总就说是"重大责任事故"。

"是大炉子还是小炉子？"吴冶平问。

徐文娟答不上来。

"是卧式炉还是竖炉？"吴冶平问。

徐文娟还是答不上来，吴冶平就很不高兴。大炉子是生产用的，卧式，下面装有履带，连续供料，连续出货。小炉子是做实验用的，立式，也叫马佛炉。如果是大炉子把产品烧坏了，那可不是闹着玩的，损失很大，耽误生产，确实属于"重大责任事故"。但如果是小炉子把样品烧坏了，很正常，连"事故"都算不上，哪里能算"重大责任事故"。这是常识，徐文娟来工厂这么长时间了，怎么连这个都不知道？吴冶平对外甥女相当失望，也很生气，但还不好说，还要保护她的工作积极性。

徐文娟起身，要去厨房，打算把刘桐叫到阳台上来，让他自己对舅舅讲清楚。

吴冶平示意徐文娟不要动。他还没想清楚，或者说，他心里的气还没消，这时候，他不想直接听刘桐解释。他要再想想，等想清楚了，至少是自己冷静了，再听刘桐的解释比较好。

这是他的经验，自己情绪不好的时候，最好不要跟当事人对话，否则，不是让当事人影响他的判断，就是容易对当事人发火。吴冶平现在既不想让刘桐影响他的判断，也不想对刘桐发火，所以，他让徐文娟去厨房，帮刘桐一起收拾碗筷，他自己一个人单独思考一会儿。

一杯猴魁喝完，吴冶平思考得差不多了。

他决定先给曾经理打个电话。

吴冶平有曾经理的手机号码，却从来没有打过。不是他架子大，实在是他怕林中多心。既然工厂交给林中管理，自己就不便多干预，不要多过问，包括不要与曾经理这样的管理人员多联系。但是，今天碰到这样的问题，他觉得应该首先向曾经理了解情况。因为事情涉及林中打算炒掉刘桐，吴冶平不得不先从第三方了解一下情况，而眼下，唯一的"第三方"就是曾经理。

吴冶平对曾经理不是很了解，更谈不上信任，但是他相信，自己第一次给他打电话，曾经理即使谈不上受宠若惊，起码不至于第一次就骗他，他相信曾经理对他的问题应该会客观公正地回答。

吴冶平想到了最坏的情况，就是曾经理恰好和林中在一起。即便如此，他也不怕，没有什么见不得人的事情，不过，多少有些尴尬，好比自己给朋友身边的某个女人打电话，没想到那女人正好在朋友的身边一样。

吴冶平想了想，决定不打曾经理的手机，改打厂里的座机。

吴冶平打的是客服电话，所以一打就通。

吴冶平没说自己是谁，只说找林中，听口气，像是客户来投诉产品质量问题的。

对方很客气，说林总不在。

吴冶平问："真的不在吗？"

对方回答："真的不在，林总出差了，您有什么事情吗？"

吴冶平没说话，把电话挂了。给对方的感觉，吴冶平是直接打林中的手机了。

吴冶平这时候才打曾经理的手机。

曾经理显然储存了吴冶平的号码，上来就说"老板好"，听得吴冶平心里热乎乎的。

吴冶平没当过真正的老板，也从来没人喊过他"老板"，但"吴经理""吴总"倒是有人喊过。其实他也没当过真正的总经理，但"某总"已经成为一种尊敬的称谓，在深圳，当你不知道对方是什么身份的时候，或者知道，但需要恭维对方的时候，见到女人喊"美女"，见到男人喊"某总"，总是没有错。哪怕女人奇丑无比，或者男人是老总的司机，你喊他们"美女"和"某总"都没有错。所以，吴冶平确实被人称呼过"吴总"，但从来没有被人称呼过"老板"，这时候猛一听，还以为是喊别人呢。

吴冶平说："林总没在厂里？"

曾经理回答："是。林总出差了。"

吴冶平问："厂里一切正常吧？"

曾经理说："一切正常，您放心。"

"没出什么事故？"吴冶平问。

"事故？没有啊。"曾经理说。

吴冶平停顿了一下，问："听说刘主管烧坏了一炉样品，林总不是很高兴？"

"这个……"曾经理似乎不知道该怎么说。

"是大炉子还是小炉子？"吴冶平问。

"小炉子。"这个问题好回答了，曾经理立刻回答说，"当然是小炉子。

如果是大炉子，那还得了。"

"如果是小炉子，"吴冶平说，"做实验烧坏了一炉子样品，算不上'事故'吧。"

"算不上事故，算不上事故。"曾经理很肯定地说。

"林总为这件事批评刘主管，你知道吧？"吴冶平问。

曾经理回答听说了。

吴冶平略微停顿了一下，问："刘主管算你的部下吧？"

曾经理嗯了一下。

吴冶平说："如果方便，你应该找机会向林总委婉地解释一下，技术主管在小炉子里做实验，偶然烧坏一炉样品，很正常，算不上'事故'，更算不上'重大事故'。"

曾经理回答好。

吴冶平又补充说："我公司眼下正处在发展的关键期，要保护员工的工作积极性，特别是注意保护技术骨干的工作热情。"

曾经理说是。

吴冶平说："我基本上不过问厂里的事，林总又经常出差，厂里的事情主要靠你了。你辛苦了。"

曾经理说："不辛苦。应该的。老板辛苦了。"

打完电话，吴冶平发现外甥女和刘桐已经忙完厨房的活了，站在客厅里，看着这边。

吴冶平对他们招招手，俩人立刻到阳台上来。

吴冶平原本打算让他们坐下的，看看只剩下一张椅子，叫谁坐都不合适，再搬一张进来也没地方放，总不能坐成一排吧，搞得像开会，想到俩人都是晚辈，吴冶平也不客气了，就让他们俩站着。

吴冶平眼睛盯着刘桐，严肃地问："你们是认真的？"

刘桐同样严肃，认真地点头，说认真的。

吴冶平开始拨打林中的电话。

"林总啊，听说你在外地出差？"

"啊，大哥好！是。我在宁波。"

"辛苦了。"

"不辛苦，不辛苦。"

"我要好好谢谢你啊。"吴冶平说。

林中心里疑惑，不知道吴冶平谢他什么，嘴上却说："大哥客气，客气。"

"我外甥女没给你添什么麻烦吧？"

"娟子？没有啊。没给我添什么麻烦啊。娟子工作认真，肯学，从来不惹事。"

"所以我要谢谢你啊。还是你调教得好，还给她介绍对象。"

"介绍对象？……"

"是啊，她和刘桐处对象，不是你介绍的？"

"娟子和刘桐处对象？我介绍的？我……我不知道啊。"

"是吗？我马上批评他们。他们处对象了，跑来告诉我。你说该不该批评？他们应该首先向你汇报嘛。这两个小孩，真不懂事，居然先跑来告诉我。但不管怎么说，我仍然很高兴。我那个大姐啊，就担心我们厂子偏僻，她女儿找对象不方便，这下好了，不用操心了。我很高兴。还是要谢谢你。要不是你把刘桐招进厂，他们哪里能认识，哪里能处对象啊。所以，我让他们回去当面向你汇报，当面谢谢你。"

7.2

付安琪请吴冶平到她的公司看看,还说要来接吴冶平。

吴冶平说:"不用那么费事了,你发个卫星定位给我,我自己开车过来。"

本以为既然不用对方开车来市里接,那么付安琪就会在工厂门口迎接。结果没有,门卫还不让进。等吴冶平打通付安琪的电话,把手机递给保安,大门才为吴冶平敞开。

泊好车位,见付安琪仍然没有迎出来,吴冶平感叹女人到底是女人,善变。刚才还热情地说开车到关内来接我,一转眼连出门迎接的礼节都省了。有那么一刻,吴冶平打算掉头就走,算是给对方一点惩罚,可转念一想，如果真这么做，就等于是与付安琪绝交了，总不能因为对方一点小小的礼节不周就绝交吧？

虽然没有掉头就走，但吴冶平也没有急着上楼。他必须对付安琪的失礼有所表示。吴冶平决定先在厂里转转，让付安琪等待一会儿，等到付安琪下楼找他了，至少是打电话找他了，吴冶平才上去。

付安琪的工厂比林中和吴冶平的工厂大。起码，单门独院。吴冶平想，假如这个院落是她老公当初买下的，那真是一块巨大的资产啊。即便遇上客户产品转型，她跟不上，工厂关门了，也没关系，单拿这块地皮与开发商合作，收益估计比开一辈子工厂赚的钱都多吧？

这么一想，吴冶平就产生了新思路，并且思如泉涌。

付安琪还没有下来找他，也没有给吴冶平打电话。难道临时遇上什么事情耽搁了？

吴冶平已经围绕着厂房转了一圈，大太阳的，总不能再转一圈吧。

吴冶平走进大楼。

这是一栋由标准厂房改建的大楼，也就是在标准厂房的迎面加了半栋写字楼。所谓"半栋"，就是写字楼的背后仍然保留标准厂房的结构，但标准厂房的正面成了写字楼的背面，一墙二用，既漂亮又实用，还节省地皮。严格地讲，属于违建，但因为在工厂院子内，不侵犯别人的利益，只要无人举报，就不会被查处。

吴冶平走进大厅，左右都是走廊，往里的右侧是楼梯，左侧是通向标准厂房的过道。吴冶平知道付安琪的办公室在楼上，他本应该沿着右侧的楼梯上楼的，但因为付安琪既没有到工厂的大门口等他，也没有到楼下迎接，还没有打电话下来找他，吴冶平虽然不打算因此掉头就走，但心里的抱怨还是要表达的，所以，这时候他并没有沿门厅右侧的楼梯上楼，而是沿左侧直接往里走，一直走到生产车间里来。

大约是门卫比较严格，所以里面反而很松懈。比如写字楼与生产车间这道门，居然无人把守。吴冶平已经注意到了，工人上下班其实是不走这道门的，刚才围绕着厂房转圈的时候，他就注意到标准厂房的东西两头都有大门，可供工人上下班和货品进出用，此时既不是个人上下班时间，也无货品进出，所以两边的大门紧闭，但生产车间与写字楼之间的通道却是敞开的，万一吴冶平不是付安琪的朋友，而是竞争对手，这样大门敞开不是留下隐患？

进入标准厂房内部，回头一看，通道门口有"逃生出口"的醒目标识，但即便是"逃生出口"必须开着，也应该有人把守吧。

吴冶平继续往里走。他发现这里与他自己和林中的工厂不一样。大体上说付安琪工厂的设备偏轻，工人却比他们那边多，车间也比较整洁和安静，工人大多数坐在生产线上忙碌，一个人一个岗位，很少有走动。吴冶平立刻判断，付安琪的工厂属于典型的劳动密集型企业，不像他自己和林中的工厂偏重资金与技术。

吴冶平这么走着想着，就多少感觉到尴尬，因为大家都在埋头忙碌，没人跟他打招呼，连看都不看他一眼，仿佛他根本就不存在，让他有一种完全被人忽视的感觉。

"你，干什么的？！"

突然，他被严厉喝住。

吴冶平抬头一看，只见一个四十岁左右的壮汉拦住他，并用手指着他。

吴冶平第一反应是碰到了城管，并且是临时工城管。但他很快就否定了自己的判断，因为这不是在大街上，更不是在小市场，而是在朋友的工厂里，在工厂的车间里，无论是正规的城管还是城管中的临时工，都不会跑到付安琪的工厂里吆五喝六吧。

吴冶平不打算与对方计较，赔着笑脸说："我是你们老板的朋友，你们老板请我来看看。"

"老板的朋友？"对方似乎不信，"老板的什么朋友？"

吴冶平非常想说"男朋友"，但他只是这样想想，并没有真这么说。虽然没有说，但因为这样想了，所以吴冶平自己就笑了。他尽量忍住笑，不让自己大声笑出来，只是保持着微笑的样子，回答对方的问题，说："好朋友，您可以打电话问一下她，我叫吴冶平。"

对方翻着白眼，一副不服气的样子，一边不友好、不礼貌地继续瞪着吴冶平，一边打电话。

很快，来了另一个男人，年龄比这个略长几岁，气质和形象也好一些，虽不一定是老板，但一看就是管理者。

刚才的那个人迅速上前几步，悄声说："姐夫，就这个人，他说是你的朋友。"

姐夫？

如果"城管中的临时工"是付安琪的弟弟，那么后来的这个管理者就是付安琪的老公。

付安琪的老公没有死？还是确实已经死了，但她已经另外找了一个？或者还没有结婚，但大家已经认可了他们之间的关系？如果这样，这个玩笑可就开大了。吴冶平似乎顿时理解了付安琪为什么忽冷忽热，为什么主动打电话请自己来，还说要专门开车去接他，可等他到了之后，她又躲了半天不出来了。

吴冶平发觉自己非常可笑。用他们老家的话说，这叫还没有摸到坟茔就乱磕头,用自作多情来形容一点都不过分。这么一把年纪的老江湖了,居然还自作多情,不是很可笑吗?

年长的管理者友好一些,这从他脸上的表情就能看出来。他脸上的表情比较淡定,不像"临时工城管"那样不可一世。管理者甚至略微露出一丝微笑,面对吴冶平,说:"您是……"

"吴冶平,付总的朋友。"

"哪个付总?"对方问。

"付安琪。"吴冶平说。然后问:"怎么,你们这里还有几个'付总'吗?"

对方笑了一下,说:"我是她哥哥。"

吴冶平伸出手,热情地握了一下,说"你好",心里却立刻想到付安琪说的"兄弟姐妹都靠不住",又想起刚才自己说是"老板的朋友",竟被"城管"理解成这位的朋友,心里想,怎么,难道她哥哥要夺权?

吴冶平立刻给付安琪打电话。这时候,他不能再摆架子"等"对方下来找他或打电话找他了。他忽然感觉自己不是很安全。

付安琪手机占线。

吴冶平摊了一下手,对付安琪的哥哥说:"占线。您带我去找她?"

路上,吴冶平没有说话。

说什么呢?赞美他们工厂改造合理管理有方?他不想讨好付安琪的哥哥,那样显得心虚。他用不着心虚,更担心言多必失或弄巧成拙。

吴冶平立刻调整了策略。刚才在院子里转的时候,冒出的与开发商合作的想法先不要说,不要自以为是,无须急于表现,关于付安琪以及她的工厂,自己其实了解得很少,看来这里面水很深,水面之下到底隐藏着什么自己根本就不清楚,眼下需要多听少说。他想先听听付安琪怎么说。

步行到二楼，改乘电梯。

这又是新见识。既然装电梯，怎么不从一楼开始呢？

进了电梯，吴冶平才琢磨明白。一楼大厅那么多通道，空间有限，只能把电梯间安排在二楼。看来，自己确实不能自以为是，人家当时这样设计，自然有人家的道理，这叫"因地制宜"。

付安琪的办公室在顶层东头第一间。

其实是两间。东头的两个标准间合在一起，加上把南面的走廊包在其中，所以付安琪的办公室很宽敞，很明亮。

大班台坐北朝南。背面就是背靠厂房的那面墙，这样，坐在大班台上，付安琪的迎面和左侧都是玻璃幕墙，右侧是门。吴冶平不懂风水，但也知道这种布局看上去舒服。

付安琪靠在大班椅上专注地打电话，见吴冶平进来，直起腰，示意她哥哥给吴冶平让座倒茶，自己手机却始终没有离开耳朵。

吴冶平在翻看报纸。他如今几乎不看报纸，所有的新闻和八卦手机上都有，谁还会看报纸？他不认为报纸可以取消，但他坚信可以缩减，比如深圳，只保留一份《特区报》就足够了，而且不用那么多版面，发行那么多报纸那么多版面，完全是一种浪费。什么叫环保？少发行报纸不把订报当政治任务派下去就是最简单、最有效的环保。

付安琪终于放下电话，非常抱歉地走到吴冶平身边，在另一张沙发上坐下。

吴冶平理解做实业的难处，更理解付安琪此时的力不从心。他从付安琪的脸上看出疲惫。吴冶平有些心疼付安琪，真想告诉付安琪放弃实业，就拿这块地皮与开发商合作，再和开发商联手跟村里合作，即便最终只分得这块地皮开发收益四分之一的羹,也足够她吃喝玩乐几代人,干吗这样死磕实业内外交困呢?但是,理性告诉吴冶平,他不能和盘托出。一方面,他此时和盘托出付安琪未必领这份人情,因此也就未必照他的建议去做;另一方面,如果他此时和盘托出,即便付安琪采纳他的建议,对他自己又有什么实际意义呢?最直接的后果是让付安琪和自己的差距拉大,增加自己追她的难度。往好里想,付安琪最多也是领他一份人情。但这份人情是"干人情",不实惠,吴冶平要一份"干人情"有什么用?刚才吴冶平在装逼翻报纸的过程中,已经想好一个对他和付安琪都有利的两全其美的策略,他现在必须按既定策略行事,而不是跟着感觉走。

策略的第一步是明确自己的身份,名正才能言顺。吴冶平目前与付安琪之间就是名不正言不顺,他头先在车间的遭遇就表明了这一点。当吴冶平被问道他和付安琪之间是"什么朋友"时,连他自己都说不清楚。

吴冶平有自知之明,意识到眼下想迅速成为付安琪的"男朋友"是不可能的。别说付安琪本人不一定接受,就是付安琪也有这个意思,她那些亲戚,比如她的兄弟姐妹们,也不一定个个支持。吴冶平从工厂里有多个"老板"就看得出,付安琪的兄弟姐妹们已经把她的工厂看成是他们整个家族的企业了。这时候,如果付安琪突然冒出一个"男朋友",无论这个人是谁,他们都会认为是来争夺家产的,杀了这个"男朋友"的心都有,哪里还能容得下他?所以,吴冶平必须换一个主攻方向。

吴冶平打算改一改自以为"师"的风格,今天他先不说,让付安琪自己说。最好能让付安琪在他面前诉苦,只有这样,才便于他在另一个主攻方向上发现突破口。

根据付安琪眼下的处境和女人的特点,吴冶平认为让付安琪在他面前诉苦远比让付安琪承认他是"男朋友"容易得多。

付安琪看着吴冶平面前的矿泉水，皱了一下眉头，轻微地摇摇头，立刻起身为吴冶平泡茶，泡绿茶。付安琪边张罗，边解释，说："抱歉，我这里暂时没有你们安徽的毛峰或猴魁，只有湖南的猴王和广东的铁观音，你喝哪一个？"

吴冶平说喝猴王吧。

"你喝过？"付安琪问。

吴冶平说："没有。正因为没有，所以才想试一试。"

付安琪说："既然是尝试，那就喝黑茶吧。我们湖南的黑茶。"

吴冶平说："好。我听说过黑茶，却从来没有喝过。"付安琪就放弃为吴冶平泡绿茶的打算，改泡黑茶。

吴冶平第一次品黑茶，感觉味道确实跟绿茶不一样，但他今天不打算谈论茶道，而是直奔主题，问："刚才那个人是你的兄弟？"

付安琪说："是我哥哥。"

吴冶平问："你还有弟弟？"

付安琪点点头，说："有，我家姊妹四个，除了哥哥弟弟，还有一个妹妹。"

吴冶平说："你是老二？"

付安琪想起"老二"的另一个含义，忍不住笑起来。

既然想让付安琪诉苦，吴冶平就不打算让气氛太开心。他问："刚才我明明听见你让你哥哥泡茶，他怎么只给我拿一瓶矿泉水？"

付安琪收起笑容，又像刚才那样无奈地轻轻摇摇头。

吴冶平接着问："刚才在楼下，我说找'老板'，他们怎么不把我领到你这里来，而把你哥哥找来了呢？你们这里有几个'老板'？"

付安琪躲开吴冶平的目光,端起茶杯,认真地喝一口,放下茶杯,才深深叹出一口气。

吴冶平火上浇油,说:"这个问题看起来不大,其实不是小事啊。"

付安琪没说话,看着吴冶平。

吴冶平说:"这叫'乱纲',可以说是天大的事。要是古代皇帝的兄弟姐妹也称自己是'寡人',那是要杀头的。"

付安琪愣了一下,说:"没这么严重吧。"

"不发生什么事情当然无所谓,"吴冶平说,"可一旦摊上什么事情就难说了。不是我耸人听闻,一个企业虽然不是一个'王国',但对内的管理却差不多,也不能'乱纲',否则后患无穷。'安史之乱'你总知道吧?莎士比亚《王子复仇记》你看过吧?古今中外,杀父弑兄的例子多着呢。"

突然,吴冶平意识到自己说多了,过于耸人听闻了,他赶紧收口,假装喝茶,喝黑茶。

付安琪笑笑,说:"我知道你是想故意把我震醒。其实道理我也知道。但已经习惯了,哪能一下子纠正呢。"

吴冶平等的就是这句话。

听付安琪这样说,吴冶平立刻放下茶杯,认真道:"我们可以互帮互助。"

付安琪真的笑了,问:"互帮互助?怎么帮?怎么助?"

吴冶平说:"我所面临的情况和你差不多,甚至比你更严重。你知道,我等于把自己的股权完全'托管'给合伙人了,或者说,我完全放弃了对企业的控制。你以为我真想'无为而治'吗?那是没有办法。是一开始就坏了规矩,乱了纲,现在骑虎难下。要彻底纠正,等于彻底翻脸。

可我现在能翻脸吗？敢翻脸吗？"

付安琪认真地点头，表示理解，也表示同感。

"所以，"吴冶平说，"刚才你在打电话的时候，我突然冒出一个大胆的设想，干脆我们换股。"

"换股？"付安琪问。

"对，"吴冶平说，"换股。就是我拿公司百分之十的股份，换你公司百分之十的股份。这样，我们等于都建立了真正意义上的'股份有限公司'，就可以按真正股份有限公司的规矩治理企业。比如对你兄弟姐妹，有些话你不好说，我可以说，或者你假借我的口来说。我那边也一样，你跟我那合伙人不是'兄弟'，不需要顾及面子，也不存在'翻脸'，完全可以按规矩办事，按照《公司法》办事。这样，对两家公司的发展都有好处。"

付安琪没说话，没点头，也没摇头，甚至也没看吴冶平，她的眼睛是"散光"，就是根本没看任何地方。

吴冶平知道，这是付安琪在认真听他的建议，并且听到肚子里面去了，现在正在仔细咀嚼他的建议。

吴冶平要的就是这个效果。他的目的达到了。

7.3

吴冶平的一个电话,化解了刘桐的危机,至少,林中暂时不会炒掉他了,徐文娟和刘桐因此欢天喜地回到秋长镇。但是,吴冶平知道,这个事情没完。

这些天吴冶平思前想后,感叹一切都是假的,唯有利益才是真的。亲情、友情、爱情,似乎也都离不开利益基础。自己与外甥女算是至亲,他们老家有句俗语,"亲不过外甥",可这份亲情的基础是自己需要一双安在工厂里的眼睛。徐文娟一方面为吴冶平充当"眼睛",另一方面也能实现她"有个好工作找个好对象"的愿望,倘若一点利益没有,估计外甥女也不会千里迢迢跑这么远来专门为舅舅充当"眼睛"的。自己和华良俊算是友情，从小时候光屁股一起撒尿玩泥巴就开始的友情，但就是这份看来很纯洁的友情，基础也是建立在当年自己在教育局股长的位置上曾再三帮助过华良俊的基础上的。所以，当吴冶平和林中的工厂发生财务危机时，吴冶平一个电话，华良俊就爽快地打来几十万，并且连利息都不要。可是，正因为如此，华良俊欠吴冶平的"人情"算是偿还了，"友情"也就慢慢淡化了，如今，华良俊居然把陪领导打麻将看得比接吴冶平的电话更重要。吴冶平能怪华良俊忘恩负义吗？如果华良俊忘恩负义，能随手摔出几十万连借条都不用打连利息都不要吗？至于付安琪，吴冶平和她之间是"爱情"吗？就算是"爱情"，那么这份爱情也是建立在利益攸关基础上的。倘若自己不是"有钱人"，付安琪估计都不会正眼瞧他。反过来也一样，倘若付安琪是个打工妹，估计吴冶平也不会如此处心积虑。

对，就是"处心积虑"。

吴冶平提出与付安琪换股，表面上是"互帮互助"，其实是占付安琪的便宜，或者说，是从付安琪这里获取自己的利益。自己和林中的公司资产规模根本无法与付安琪单门独院的工厂相提并论，如此"换股"，不是吴冶平占付安琪的便宜吗？既然是"占便宜"，还能说是真正的"爱情"吗？不仅如此，吴冶平还打算得寸进尺，计划在与付安琪互为股东之后，通过名正言顺地介入付安琪的生活，一步步成为付安琪真正的"男朋友"。这算"纯洁"的"爱情"吗？

算到最后，吴冶平发现，唯有他与林中的关系才是最单纯、最纯洁的。纯洁到除了利益，其他一切杂念和虚假的掩饰都没有的程度。

吴冶平与林中的关系是"股东关系"，而股东之间是靠共同的利益结合在一起的，所以，最实事求是，最反映人际关系的本质，因此也就最单纯、最纯洁。假如说他们的关系目前出现了一些问题的话，那也不能全怪林中，甚至可以说完全不能怪林中，而只能怪他们一开始就赋予了这种关系一个虚伪的外衣——"大哥与小弟"。今天回过头来看，吴冶平和林中之间的一切不和谐之处，都是这虚伪外衣惹的祸。那么，现在是不是应该揭掉这层外衣，恢复他们关系的本质呢？

理论上应该如此，实际上并不可行，因为，这层外衣已经和本质长在一起了，如果揭掉，不是伤筋动骨，就是体无完肤。吴冶平既不敢伤筋动骨，也不能体无完肤，所以只能小心翼翼维护着这层虚假的外衣。

问题是，维护关系是双方的事，只要有一方坚决翻脸，另一方死皮赖脸也不顶事。谢天谢地，眼下林中还没有跟他翻脸。就说这一次，林中假装不知道徐文娟和刘桐的关系，对刘桐发难，吴冶平一个电话先发制人，一下把关系捅破，搞得林中措手不及，暂时缓解了刘桐的危机，可是下一次呢？下下一次呢？吴冶平每次都能找到先发制人的借口吗？每次林中都能给他足够的面子吗？

肯定不行，至少不是长久之策。吴冶平也不能长期受制于人啊。

吴冶平苦思冥想，最后，从他与付安琪的换股建议中获得启发。想，干脆一不做二不休，在变更换股手续的同时，赠送徐文娟和刘桐每人一股。这样，既可以拴住徐文娟，又能够稳住刘桐。虽然只有一股，但一股也是股东，林中再找碴儿，也没权力炒掉一名股东吧？

除非他一点规矩也不讲。

一点规矩不讲也不怕，吴冶平相信付安琪也不是省油的灯。吴冶平不期望付安琪成为第二大股东后能百分之百站在自己这一边，成为自己的"一致行动人"，他只期望付安琪能够秉着公平的原则，坚持按《公司法》办就行。

为达此目的，吴冶平不仅甘愿让出公司第二大股东的位置，而且打算一旦付安琪在换股的事情上产生犹豫，他就准备接受不对等换股，就是说，即便他拿自己百分之十的股份，换取付安琪公司百分之五的股份也愿意。

吴冶平认真计算过，只要付安琪接受他的建议，放弃实业，拿现有的单门独院厂区跟某个有实力的房地产开发公司合作，再和开发商联手，跟村里合作，把付安琪目前的厂区开发成高档住宅小区，经过两次稀释，吴冶平的股份哪怕只剩下百分之一，所产生的利益也足以补偿他在林中这里的全部投入。

其实也不用"认真计算"，闭着眼睛一想就明白，倘若吴冶平在付安琪的公司里占股百分之五，经历两次"合作"稀释成百分之一，工厂开发成住宅小区后，百分之一也有五套房，而吴冶平在林中那里的全部投入，不就两套房吗？五套房的收益还抵销不了两套房的投入吗？

吴冶平很感激林中。倘若不是林中，他哪里能成为"股东"，假如不是股东，他以什么身份和付安琪接触？又有什么资格以什么名义从付安琪的地皮转换中分得一杯羹？

但不能高兴得太早。吴冶平谨记自己当初对林中的"教导"，好事情不能提前庆贺。他现在不能对付安琪说出自己的建议，他要等"换股"成功后，才正式以"股东"的身份提出这项建议。

吴冶平给外甥女打电话，让徐文娟周末带刘桐来深圳，他有话对他们说。

徐文娟自然不敢抗命，周末带着刘桐来见吴冶平。

刘桐像上次一样带来礼品，但数量少了一半，只有两样。吴冶平立刻想到华良俊和林中对他的态度，也像刘桐带来的礼品一样，逐次递减。

吴冶平就有些不悦，但还不能说，不但不能说，还要往反里说。他一本正经地对刘桐说："第一次正式见面带点礼品可以，之后就不必了，要是每次都这样，你不是很麻烦？"

刘桐腼腆地笑笑，代替回答。

吴冶平对刘桐印象不错，话不多。他马上就想到，此情此景换成当年的林中，一定满脸堆笑说："孝敬大哥，应该的，应该的。"

吴冶平感叹"礼品"的关键在"礼"，而不是在"品"。之前他和林中是客户关系的时候，林中几乎每次都给他带"礼品"，后来成为借贷关系后，只是逢年过节给重要关系户送礼的时候，才顺带给吴冶平一份，如今，他连"关系户"也算不上了，因此连"顺带"都免了。吴冶平不在乎这些东西，但很在乎其中的"礼"。吴冶平与林中之间的间隙，是不是从林中对他的"缺礼"开始的？

这次吴冶平没有请家政，厨房的一切交给两个晚辈，他自己心安理得地品茶看电视，反而更有家庭气氛了。

吴冶平开了一瓶红酒。两个晚辈也没做过分推让，陪着吴冶平一起举杯。借着酒劲，吴冶平没有等到餐后上阳台，而是在餐桌上就把该说的话说了。

吴冶平说："既然你们是认真的，最好还是尽快把事情办了，免得夜长梦多，节外生枝。"

两个晚辈你看看我，我看看你，然后又一起看着舅舅。

吴冶平说："我本打算出首付，帮你们在公司附近选一套房子，然后你们自己付按揭的。"

徐文娟的脸红了一下，刘桐则不知所措。

吴冶平继续说："但如果我这样做，就好像催你们结婚了。不好。"

刘桐轻微点头，徐文娟则轻微摇头。

吴冶平说："所以我没有这样做。"

徐文娟和刘桐一起点头。

吴冶平说："'授人以鱼不如授人以渔'，我想好了，与其送你们房子，不如送你们股份。"

徐文娟和刘桐没点头也没摇头，相互迅速看了一眼，然后目光又再次回到舅舅的脸上。

吴冶平自顾自又喝了一大口酒，喷出一口酒气，冲着刘桐说："但是，我有条件，你小子和娟子必须是认真的。"

刘桐迎着酒气，没敢躲让，认真地点头，表示他对徐文娟确实是认真的。

吴冶平的舌头有些打直，但话仍然能说清楚，说："点头不算，必须立下字据，一旦你跟娟子分手，我有权收回股份。"

徐文娟说："舅舅。"

"不关你的事！"吴冶平大声吼住徐文娟。

刘桐扯扯徐文娟，让她别说话。

吴冶平起身，摇摇晃晃进了书房。出来的时候，手上有笔和一张事先准备好的文本，递给刘桐，说："签字。"

刘桐接过笔，看了一眼文本，又看了一眼徐文娟，徐文娟想说什么，又被吴冶平严厉喝住，同时对刘桐说："签。"

刘桐哆哆嗦嗦地在吴冶平指定的位置签上自己的大名。

吴冶平打了一个大大的酒嗝，收起字据，说困了，想躺一会儿。

徐文娟和刘桐赶紧起身扶着舅舅进了卧室。

7.4

付安琪在电话里问吴冶平:"你开什么玩笑?"

"我?开玩笑?"吴冶平不明白。

付安琪问:"是不是你说拿公司百分之十的股份和我换股?"

吴冶平说是啊,同时想说,如果你觉得吃亏了,兑换比例可以商量。但他忍住没说,这是多年的职场经验,讨价还价的事还是等对方先报价,并且,在对方说出来之后,明明是合理的要求,也不能一下子答应,要找出对自己有利的理由反驳。比如说自己公司的资产规模虽然不如对方大,但盈利能力却不比对方小,百分之二十的股份就一年分红超过百万,你那公司一年能保证超过五百万纯利吗?说自己和林中的公司虽然小，但技术含量高，专利多，拥有自主知识产权，等等。

"你自己在公司占多少股份？"付安琪问。

"百分之二十啊。"吴冶平回答。

"在哪家公司占百分之二十？"付安琪又问。

"三家公司都占百分之二十啊。"吴冶平说。当初吴冶平退出德邦公司法人代表和董事长位置的时候，和林中有言在先，条件是把林中独资的中荣公司并到德邦来。林中当时答应了，后来林中对吴冶平说，考虑到公司将来上市和融资的需要，最好把中荣和德邦两家公司都装到林瑞公司来，因为林瑞公司注册地点在深圳，注册时间更早。吴冶平当然没意见，凡是对企业发展有利的举措吴冶平都没意见。他还对林中说："你怎么做都可以。"所以，按照吴冶平的理解，要么，他自己在三家公司里都占百分之二十的股份，要么，他只占深圳林瑞公司百分之二十的股份，但惠州的中荣和德邦都是林瑞的全资子公司。两种情况吴冶平都接受，他都没有任何意见。

"好，就说林瑞吧。"付安琪说，"你在林瑞公司的股份是多少？"

"百分之二十。"吴冶平肯定地说，"我最初把五十万借款转换为股份的时候，林瑞公司的注册资本是一百万，我一下子投资五十万，相当于百分之五十的股份。为了匹配百分之二十，在《股权转让见证书》上只写支付转让费十万，为此，林中还对我解释半天，我说不用解释，我懂，还说等将来公司发展了，我们把注册资本改了就是，改成二百五十万注册资本，我的五十万就正好占总股本的百分之二十了。"

"哼哼，"付安琪说，"确实改了。第一次从一百万变更成一千万，第二次又从一千万变成了三千万。你知道吗？"

吴冶平略微迟疑了一下，说算知道吧。

"什么叫'算'知道？"付安琪问。

吴冶平说："他对我说过要增资，好像确实是两次，但具体增资到多少我不知道，我想反正需要我签字的，但他一直没找我签字，我以为他办事拖拉呢。"

"你自己上网看看吧。"付安琪说。

放下手机，吴冶平立刻上网，在百度上输入"深圳市林瑞科技有限公司"，冒出一大溜，一一打开，分别是公司的产品介绍和企业黄页，并没有找到公司注册资本变化的页面。

因为事关重大，吴冶平比较心急，所以不得不拨通付安琪的手机，汇报搜寻情况。

付安琪说，不愧是大企业的高管，高高在上，这些具体的事情不用操心，然后告诉他要上"深圳市市场监督管理局"专门网站，然后再输入要查找的公司情况。

吴冶平说："你批评得对，我笨，你不要挂掉电话，一步步指导我再试试。"

过程蛮复杂，最后通过"商事主体"打开"变更事项"，一看，吴冶平立刻被气傻了。他居然只占公司百分之零点三三三的股份，还怎么拿百分之十的股份和付安琪互换？还怎么送徐文娟和刘桐百分之一的股份？这不是骗人吗？不是笑话吗？

吴冶平立刻想起当初林中在他面前辩解把他排斥在中荣公司股东之外的情景。林中的嘴巴一张一合，像刚刚出水的鱼。

吴冶平第一个想法是翻脸，彻底翻脸，走司法途径。但他不告林中本人，而是告深圳市工商监督管理局，他没签名，为什么就把他股份变了？他觉得不翻脸则已，要翻脸就把事情闹大，闹成网络事件。他可以花钱请"网络水军"操作这件事,除了整垮林中之外,还可以在付安琪和徐文娟、刘桐面前证明自己的清白。

"冷静,"付安琪说,"不着急,说不定是好事。"

吴冶平这才意识到,付安琪还在线上呢。他不是一个人在战斗。

"好事?"吴冶平不解。

付安琪说:"我们要换股,必须争取林中同意,我本来担心他不配合,现在既然他理亏在先,估计就要矫枉过正,将功补过,会配合的。"

"好,我冷静。"吴冶平说,"你能过来吗?到我家来。我现在需要你在我身边。"

"现在?都半夜了。"

"是。我的心凉透了,需要你的温暖,从来没有这么需要过。"

吴冶平的声音有些颤抖。那一刻,他很虚弱,似乎有点恐惧,有种精气神被抽干的感觉,人飘浮起来,一下子飘到遥远的过去,飘回到自己的故乡,重新飘进母亲的子宫里。

付安琪在电话那头沉静了很长时间,轻轻说出一个字:"好。"

7.5

付安琪的单纯,温暖了吴冶平的心,也让他重新振作。

单纯?

付安琪单纯吗?

是,在吴冶平看来,付安琪就是单纯,太单纯了。

并不是说付安琪给了吴冶平足够的温存,吴冶平就认为她单纯,而是因为付安琪连吴冶平和林中的工厂都没见过,就答应与吴冶平换股。并且,一点都没有讨价还价,同意一比一换十股,让吴冶平准备好的一大堆讨价还价的托词根本没机会说出口。在吴冶平看来,这就是付安琪的单纯。

将心比心，换上吴冶平，既没有看到对方的工厂，也没有见到营业执照，网上资料显示对方只占百分之零点几的股份，怎么就能答应与对方一比一兑换十股呢？这不是笑话吗？不是痴人说梦吗？不是傻到极致了吗？

对，就是傻到极致。傻，从某种角度看就是单纯。

不对。不是傻到极致，是无限信任，是付安琪在这一刻表现出了对吴冶平的无限信任。付安琪相信从吴冶平嘴里说出的每一个字都是真实可靠的，因此，她不需要看吴冶平和林中的工厂，不需要看公司的营业执照，就同意按一比一兑换十股，并且支持吴冶平赠送徐文娟和刘桐每人一股的想法。

感动，激动，惭愧，让吴冶平泪流满面。

确实很惭愧，惭愧得无地自容。

吴冶平发现，自己的最大毛病是精于算计，一辈子精于计算。人生苦短，算来算去，费尽心机，有意思吗？有意义吗？算到最后，最终被算计的，其实是自己。自己算计自己，不惭愧吗？不是比付安琪更傻吗？

聪明到极致就是傻。比如吴冶平自己。反过来，傻到极致反而是一种聪明，比如付安琪。既然已经傻到极致了，吴冶平如果再跟付安琪耍心眼儿，他还是人吗？

吴冶平主动对付安琪说："一比一换股，其实你是吃亏的。"

付安琪说："你人都是我的了，什么吃亏占便宜。"

吴冶平说："你那块地皮很值钱，可以找有实力的开发商合作，再和开发商一起跟村里谈，比做实业合算。"

付安琪说："我喜欢做实业，实实在在开工厂，心里踏实。"

吴冶平说："赚了钱，再找便宜的地方重新开厂，不用这么辛苦。"

付安琪说:"再说吧。先把你自己的事情处理好,再处理我的事。你的事急,我的事不急。"

吴冶平说:"对、对、对。"

付安琪还开导吴冶平,林中那样做,当然很出格,但责任并不全在他。

吴冶平看着付安琪。

付安琪说:"如果一开始你自己按规矩办事,按《公司法》办事,不拿固定分红,估计林中也不至于这么做。你自己不管公司经营好坏,都分红,所谓的投资,其实相当于借款。既然是'借款',又怎么能享受真正股东的权利?"

这话要是林中说,吴冶平肯定不服,俩人吵起来也说不定。吴冶平肯定会说是他林中喜欢大权独揽,连真正的财务账目都对我保密,派去的外甥女说起来管财务,其实并没有掌握公司财务核心,我不拿固定分红,怎么做?难道天天和他窝里斗?但是,同样的话,出自付安琪之口,吴冶平就不能反驳。毕竟,付安琪说得对啊,不管怎么说,林中之所以这么做也是因为股东之间一开始就没有严格地按规矩办。

付安琪提醒吴冶平,要做好思想准备,换股、送股之后,公司要走正轨,他就不能再拿固定分红了,要与其他股东一样,履行股东的责任,承担股东的风险。

吴冶平说:"好,我听你的。听老婆的。"

"美得你!"付安琪使劲在他脑门上弹了一个响指。

7.6

吴冶平给林中打电话,居然不知不觉使用了对方的语气,手机里发出去吴冶平难以压抑的兴奋叫喊:"林中啊,你好!告诉你一个特大好消息。"

"大哥好,大哥好!"林中反而有点像吴冶平了,沉稳地问,"什么好消息?"

"当面说吧。你在哪里?"

"刚从杭州回来,在机场。"

"正好,"吴冶平说,"快过来。我在老地方等你。"

"这样啊?"林中似乎有些为难。

"一定过来，"吴冶平的口气热情，但不容商量，"保证给你一个意外的惊喜。"

老地方就是吴冶平家附近那间香港人开的茶餐厅，重新装修之后，林中好像一次都没来过。再次进入这里，他感觉有些陌生。好在地段还是那个地段，位置还是那个位置，老板还是那个老板，不会错的。并且，老板认识林中，非常周到地亲自把他带到吴冶平那间包厢。

一推门，林中看见里面坐着两个人，除了吴冶平之外，还有一个女人。一个看上去很有身份的女人。

吴冶平立刻站起来，迎上前去，右手拉住林中，左手拍着他的手臂，热情地对女人说："这就是我的合伙人，我的好兄弟，林中，林老板。"又转身对林中说："这是你嫂子。"

林中愣了一下，马上伸出手，笑容可掬地说："嫂子好！嫂子好！"又转身对吴冶平抱怨道："这么大的事，怎么才告诉我。"

吴冶平笑道："天使降临得太突然，我自己也像做梦，刚醒过来，就立刻给你打电话，第一个告诉你。今天不管你多忙，有多少事情要处理，都暂时放一放，就当是飞机晚点了，好吗？"

林中当然说好。

三个人刚入座，林中像突然想起了什么事，重新站起来，双手毕恭毕敬地向付安琪敬上一张名片。付安琪笑吟吟地回敬一张。林中端详着付安琪的名片，惊喜道："嫂子是大老板哪，还是深圳市女企业家协会副会长，区政协委员。失敬，失敬。"

付安琪说："哪里哪里，徒有虚名。做代工的，赚个辛苦钱，还是林总年轻有为，企业有技术含量，自主品牌，前途无量，还望多关照。"

林中自然又谦虚一番，同时继续恭维付安琪。

吴冶平说:"都是一家人,就不要互相谦虚和恭维了,今后多合作,互相支持。"

付安琪笑着点头。林中则说:"我要向嫂子学习,向嫂子学习。"

付安琪想再次谦虚,被吴冶平打断,他认真地对付安琪说:"我这兄弟是山东人,实在,同时也是我的合伙人,你帮他就是帮我。你在企业界比他资格老,企业也比我们做得大,各方面关系也熟,将来真的需要你关照。尤其是企业融资、上市这方面。"

林中赶紧附和说:"就是,就是。"

付安琪见吴冶平这么严肃认真,也就没再谦虚,抬起手腕看看表,说:"我们也不要在这里闲聊了,干脆去我厂里看看,这时候过去还能赶上晚餐。"

吴冶平看着林中。

林中说:"听嫂子的,给嫂子添麻烦了。"

到达工厂的时候正好赶上下班,人流涌涌,甚为壮观。三个人逆流而进,人群自动让出一条通道,其中不乏一两个骨干或基层管理人员喊"董事长"好,付安琪笑着回应,脚步却没有停下,继续往里走。

林中像刘姥姥进了大观园,眼睛不够用,吴冶平却在纷扰中捕捉到异样的眼神,正是上次遭遇的付安琪哥哥和哥哥的小舅子。隔得比较远,他假装没看见,更没有与他们打招呼。那几个亲戚没对付安琪打招呼,付安琪也没对他们多说话,只是略微点了一下头,继续带着吴冶平和林中,径直步入门厅,上到二楼。付安琪没有乘电梯,而是一层一层拾级而上,边往上走边对他们介绍起来。吴冶平这才知道,这"违建"的半侧写字楼,外表光鲜,内部其实是个大杂烩,既有漂亮的门厅和豪华的董事长办公室,也有食堂和仓库,其中做仓库的那一层几乎没有内装修。

半栋建筑叫"综合楼"比较确切。

上到顶层，也就是六楼，上次吴冶平没注意，这次才注意到，付安琪办公室的隔壁不是秘书间，而是法律顾问室。此时，其他部门下班了，法律室却灯火通明，似有紧急事情要处理，或是在随时听候付安琪的调遣的样子。

在付安琪的董事长办公室，她既没有让座，也没有看茶，仅仅是"看了"一眼，林中还没有来得及恭维，付安琪就说："去餐厅坐吧。"

是专门接待贵宾的小餐厅。付安琪没叫其他人，就她自己和吴冶平、林中。

菜品不是很丰盛，但质量却不错。付安琪特意让厨师为吴冶平和林中做了山东产的海参，并告诉林中："这是你家乡山东滨州的特产。"

林中很感动。说："谢谢嫂子，嫂子太细心了！"

付安琪对林中说："为了紧密合作，我想和吴总换股，拿我公司的十股，和吴总兑换他名下你们公司的十股，你看如何？"

林中没有立刻表态，好像一时没有反应过来，他侧过脑袋看着吴冶平。

吴冶平没接林中的目光，却对付安琪笑着说："那我就占你便宜了，你这规模，别说是做实业，就拿这块地皮跟万科、金地、招商或世纪星城合作开发成房地产，也比我们公司值钱。"

林中这时候才说："是呢，这块地皮很值钱呢。"

付安琪说："地皮不是我的，土地都是国家的，我只有几十年的使用权。"

吴冶平说："那也一样，不都是这样嘛。"又转脸对林中说："我想劝她把工厂搬到惠州，和我们做邻居，建议你嫂子拿这块地皮跟开发商合作。"

林中说:"那好啊,希望和大嫂做邻居。"

"一家人,"付安琪说,"我说了,我打算和老吴换股,也成为你的股东。你还没说欢迎呢。"

林中说:"欢迎,当然欢迎。如果可以,我还想跟嫂子换几股呢。"

"那是以后的事情,"付安琪说,"今天我们第一次见面,先谈和老吴换股的事情,老吴说他没意见,但他说此事必须要你同意。林总同意吗?"

林中略微迟疑了一下,说:"同意,我当然同意。"

"好。"付安琪站起来,举起酒杯,说,"今后我们就是同事了。林总说话要算数,适当的时候,和我也兑换几股,把你先进的管理和发展理念也带到我这里来,让我们老企业焕发青春。今后主要靠林总了。我老了,不想做了,想老吴带着我周游世界呢。"

"哪里哪里,我年轻,经验不足,还仰仗大哥和嫂子多指教,多关照。谢谢,谢谢。干!"

这时候,有人敲门。付安琪先皱皱眉头,似讨厌此时被人打扰,等他们干杯之后坐下了,才让对方进来。

进来的是付安琪的首席法律顾问。吴治平和林中见过,就是办公室在董事长隔壁的那位。

首席法律顾问对吴治平和林中礼貌性地点点头,算是打招呼,然后就严肃地走到付安琪身边,俯下身子,凑在她耳边嘀咕了两声,把一个文件夹递给她。

付安琪仍然皱着眉头,示意法律顾问出去,然后对林中挤出一点笑容,似乎说抱歉,问:"老吴说他在您公司占百分之二十的股份?"

林中说是。

"你有三家公司?"付安琪又问。

林中仍然说是。

"我听说老吴的股份主要体现在林瑞公司,而中荣和德邦都是林瑞的全资子公司?"付安琪继续问。问话的口气比较严肃,气氛不如头先那么友好热烈。

"这个呀,"林中说,"当初是征得大哥同意的。主要是考虑林瑞公司注册地点在深圳,历史也比较长,对企业融资和将来的上市有好处。"

吴冶平似乎坐不住了,赶紧替林中解围说:"是。林总是对我说过,我也认为这样不错。"

林中冲着吴冶平感激地点头,付安琪却只是瞟了吴冶平一眼,目光回到林中的眼睛上,问:"就是说,老吴的股份体现在林瑞上,他在林瑞公司持股百分之二十?"

林中说是。

付安琪把文件夹递给林中,然后不说话了,低头喝汤。

吴冶平似被他们严肃的气氛弄糊涂了,看看付安琪,又看看林中。

"胡搞!"林中看了一眼文件夹之后拍案而起,愤怒道,"这个熊总,怎么这样弄?!误会。他完全误解了我的意思。我让他办增资,但并没有让他把增资额全部算在我头上。他怎么能这样搞?我马上给他打电话。"

说着,就摆出一个要打电话兴师问罪的样子来,被付安琪拦住。她问林中:"熊总是什么人?"

"中介公司老板,"林中说,"专门帮人办理工商事务的。"

付安琪说:"别生气,这种人你怎么能相信?这种涉及公司股权变更和增资扩股的大事情,必须由自己的法律顾问室来操作。"

林中说:"是是是,我没经验,公司小,没有专门的法律顾问室,回去就建,回去就建。"

付安琪说:"不用,都是一家人了,我的法律顾问就是你的法律顾问,将来再遇到这类事,千万不要找不靠谱的中介了,一个电话,我这边帮你搞定。"

"谢谢嫂子!谢谢嫂子!让嫂子见笑了。"

"一家人不说两家话,"付安琪笑着说,"来,我敬林总一杯,祝合作愉快!"

"合作愉快!合作愉快!"林中重新恢复到笑容可掬。

放下酒杯,付安琪像亲姐姐一样对林中说:"林总啊,如果你真拿我当嫂子,我就对你说句掏心窝子的话。"

"真拿您当嫂子,"林中信誓旦旦地说,"嫂子请讲,请讲。"

付安琪更加诚恳地说:"你也应该想到,我们这是在给你演一场戏呢。其实我和老吴有换股这个想法之后,我就立刻让法律顾问室对你本人和你的公司进行了全面的调查。不调查清楚,我怎么敢跟老吴换股呢?怎么还希望跟你换股呢?在商言商,你能理解我这么做吧?不生你嫂子的气吧?"

"能理解。能理解。不生气。不生气。"

"老吴真拿你当兄弟。"付安琪说,"按照法律顾问室的意见,立刻起诉,因为老吴说了,公司两次增资扩股,他作为公司副董事长和第二大股东,只是听你口头说说,其实根本就没签字。既没有在董事会决议上签字,也没有在工商所办理股权变更的窗口当面签字,伪造股东签名,你知道是什么性质的问题吗?"

林中没说话，点头，擦汗。

付安琪继续说："当初老吴一个人的时候，他不敢跟你打官司，因为，即使官司赢了，他一个人也玩不转整个企业，但现在不一样了，我这里有全套人马，我的企业也正好想转型，正愁没有好产品，您不会怀疑我也玩不转吧？"

林中仍然不说话，似说不出话。

吴冶平还是替林中解围，握住林中的手，说："放心。我说过，我永远不会和你翻脸。你永远是我兄弟，无论你怎么做，我都理解，都不会和你打官司，不会告你。要告，我就告工商监督管理局。"

林中仍然没有说话，似说不出来话，或者根本不知道该说什么话，他在擦眼泪。

林中是真流泪，不是挤出来的那种，而是一涌一涌的，蛮多。

林中的眼泪让吴冶平震撼，也让他疑惑，因为，吴冶平不知道林中这次是真被感动了，还是被吓着了，抑或，他又在装。